KB113430

騰龍記

FANTASTIC ORIENTAL HEROES

임영기 新무협 판타지 소설

등룡기 6

임영기 新무협 판타지 소설

초판 1쇄 찍은 날 § 2014년 7월 18일
초판 1쇄 펴낸 날 § 2014년 7월 25일

지은이 § 임영기
펴낸이 § 서경석

편집부장 § 권태완
편집책임 § 박가연

펴낸곳 § 도서출판 청어람
등록번호 § 제387-1999-000006호
등록일자 § 1999. 5. 31
어람번호 § 제2-2517호

주소 § 경기도 부천시 원미구 부일로 483번길 40 서경B/D 3F (우) 420-822
전화 § 032-656-4452 팩스 § 032-656-4453
http://www.chungeoram.com
E-mail § chungeorambook@daum.net

ISBN 979-11-361-9123-6 04810
ISBN 979-11-5681-982-0 (세트)

騰龍記

등룡기

FANTASTIC ORIENTAL HEROES

임영기 新무협 판타지 소설

6

동무림(東武林) 서무림(西武林)

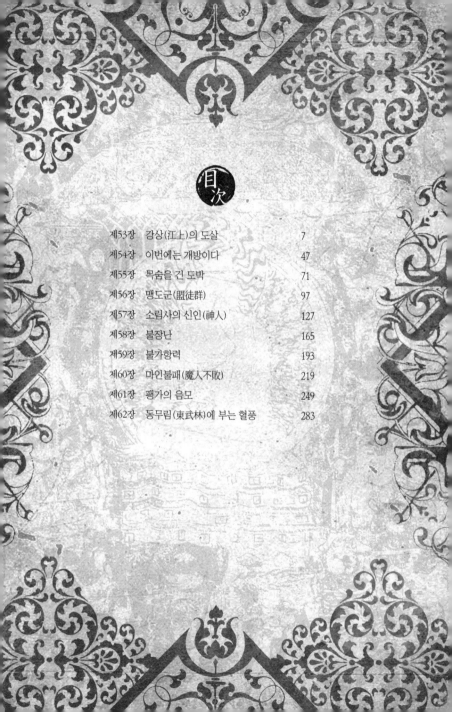

目次

第五十三章

강상(江上)의 도살

등룡기

무영검가의 전문에서 열 걸음쯤 안쪽에 오십 명의 고수가 전문을 등지고 도열해 있다.

　승려와 도사, 여승의 행색을 하고 있는 그들은 등룡신권을 잡기 위해서 출동한 무림추살대다.

　소림무승과 아미여승, 무당파와 화산파, 종남파의 도사가 각 열 명씩 도합 오십 명이다.

　소림사를 비롯한 오대문파에서는 각각 백 명씩 도합 오백 명의 고수를 파견하여 무림추살대를 꾸렸다.

　그들 오백 명을 열 개로 나누어 소대(小隊)를 만들어서 오십 명씩 무림에 흩어져 등룡신권을 추적하도록 했다. 무영검 가에 찾아온 이들은 그중에 하나의 소대다.

무림추살대 전면 열 걸음 거리에는 독고용강과 독고기상, 독고예상 세 사람이 일렬로 나란히 서 있고, 그 뒤에는 무영 검대 일 개 대 백 명이 학이 날개를 활짝 펼친 듯한 광경으로 당당하게 포진해 있다.

독고용강 등 삼 남매는 냉랭한 표정과 사나운 눈빛으로 추 살대를 쏘아보았다.

조금 전까지만 해도 군영전에서 소림사를 '무림의 암'이 라 규정하는가 하면, 무영검가가 동쪽의 맹주가 되어 소림사 에 맞서 싸워야 한다는 등의 대화를 나누며 기분이 고조되었 기에 이들을 보는 눈이 고울 리가 없다.

그런 이유로 소림사와 무당파 등 쟁쟁한 구대문파 고수들 이 찾아왔는데도 문전에 세워둔 채 안으로 들어오라고 안내 도 하지 않았다.

물론 이 모든 것은 가주 독고우현의 명령이다. 그것을 독고 씨 삼 남매가 집행하고 있는 중이다.

"무슨 일이오?"

독고용강이 당장 모가지를 비틀어서 죽이고 싶다는 감정 을 노골적으로 얼굴에 드러내며 내뱉었다.

"아미타불… 무진장 도무탄 시주가 이곳에 있다고 알고 있소. 우리는 그를 만나러 왔소."

구대문파 사람들이 모이면 으레 소림승이 우두머리 노릇을 하는데 지금도 예외는 아니다.

무림에서는 다들 도무탄을 등룡신권이라고 부르는데 이들은 여전히 무진장이라 하고 있다.

그것은 도무탄이 등룡신권이니 천하오룡이 됐다느니 하는 것을 인정하지 않겠다는 뜻이다.

"그는 여기에 없소. 그만 가시오."

독고용강은 이곳에 도무탄이 있는 것을 부인하지는 않았다. 하지만 추살대의 요구를 일언지하에 거절했을 뿐 아니라 가라고 축객까지 했다.

추살대가 무턱대고 무영검가에 찾아오지는 않았을 것이다. 북경성에는 수십 개의 방파와 문파, 수천 명의 무림인이 바글거리고 있다.

그들 중에 몇 명이라도 벌건 백주대낮에 무영검가로 줄줄이 들어서는 마차와 사람들을 보지 못했을 리가 없다.

또한 북경성 동쪽 통현 포구에 들어선 거대한 상선의 모습과 포구에서 무영검수들이 기다리고 있다가 도무탄 일행을 맞이한 광경도 구태여 비밀스럽게 하지 않았으므로 볼 사람은 다 봤을 것이다.

그러니 추살대가 무영검가로 곧장 들이닥친 것은 이상한

일이 아닐 터이다.

그러나 독고용강의 말에 추살대는 하나같이 안색이 변해 노여운 표정을 지었다.

무림추살령의 임무를 수행하러 무림에 나온 사람들에 대해서는 무림의 어느 방파나 문파, 개인이라도 무조건 만사 제쳐 두고 최선을 다해서 협조를 하고 편리를 봐줘야 하는 것이 불문율이다.

추살대는 독고용강이, 아니, 무영검가가 소림사나 무림추살령 따위는 안중에도 없다는 식으로 강하게 나올 줄은 예상하지 못했었다.

십팔복호호법이 독고지연을 핍박하고 납치한 일이 있어서 무영검가가 소림사에 대해서 좋지 않은 감정을 갖고 있을 것이라고 추살대도 짐작은 했었다.

그렇지만 이건 아니다. 추살대를 이런 식으로 홀대하는 것은 얘기가 다르다. 후환 같은 것은 전혀 개의치 않는 막무가내 행동이다.

"아미타불… 시주는 뉘시오?"

방금 말했던 소림승이 감정을 드러내지 않으려고 애쓰며 정중하게 물었다.

독고용강은 차가운 미소를 머금었다.

"무영검가의 장남 독고용강이오."

"방금 시주의 말은 가주의 말씀을 대변하는 것이오?"

"그렇소."

"그 말에 책임을 질 수 있소?"

독고예상은 소림승이 꼬치꼬치 묻는 것 때문에 비위가 상해서 서슬 퍼렇게 외쳤다.

"꺼지라고 하지 않느냐? 당장 꼬리를 말고 물러나지 않으면 모조리 죽여 버리겠다!"

이 추살대의 우두머리인 소림승 강원(剛元)은 어금니를 악물고 독고예상을 쏘아보았다.

"이것은 본 파에 대한 명백한 도전이오. 되돌릴 수 없음을 명심하시오."

창!

"꺼지라는데 가지도 않고 뼈다귀 달라는 개새끼들처럼 짖어대고 있다니, 내 이것들을 당장 요절을 내고 말 것이야!"

독고예상이 벼락같이 호통을 치면서 검을 뽑으며 당장에라도 공격할 듯이 설치자 독고기상이 제지하면서 강원에게 눈을 부라렸다.

"당신들은 진정 여기가 무덤이라는 사실을 모르고 있는가? 어서 가시오!"

강원과 사십구 명의 추살대는 치욕과 분노를 억누르는 기색이 역력했다.

그들은 무림추살대로 무림에 나온 이후 이런 수모는 처음 당해본다. 그리고 이런 상황에 처하리라고는 상상조차 해본 적이 없다.

독고용강이 추살대 뒤쪽 전문을 지키는 무영검수들에게 쩌렁하게 소리쳤다.

"전문을 열어라!"

그긍!

전문이 육중하게 열렸다.

"갑시다."

강원은 독고씨 삼 남매를 무섭게 쏘아보더니 몸을 돌려 전문으로 걸어갔고 추살대가 그 뒤를 따랐다.

그들의 등 뒤에 대고 독고예상이 소리쳤다.

"너희들 어중이떠중이 아무에게나 전문을 열어주면 어쩌겠다는 것이냐?"

강원 등의 걸음이 뚝 멈췄다. 독고예상이 전문을 지키는 무영검수를 꾸짖는 소리가 속을 후벼팠다. 소림사를 위시한 오대문파의 정예고수들이 졸지에 축객을 당하더니 이제는 어중이떠중이 신세로 전락했다.

무거운 걸음으로 전문을 나가는 추살대 뒤에서 독고예상이 신랄하게 꾸짖었다.

"승려와 도사의 본분이 중생을 계도하는 것이 아니라 사람

을 짐승처럼 몰아서 잡아 죽이는 것이냐? 부처님과 장삼봉이
그렇게 가르치더냐?"

그녀의 말이 화살처럼 날아가 그들의 온몸에 꽂혀 보이지
않는 피가 흘렀다.

"그렇다면 구대문파 중과 도사들이 도살장의 도살자(屠殺
者)하고 뭐가 다르냐?"

이들 추살대 중에는 요즘 구대문파가 하는 여러 가지 낯 뜨
거운 일이 원래의 본분에서 크게 벗어났다고 개탄하는 사람
도 더러 있다.

그러나 그들은 소수인데 반해서 대다수는 이미 속세의 피
맛을 보고 거들먹거리는 권위의식을 누려봤기 때문에 자신들
의 온몸과 그리고 영혼까지 피가 범벅되었다는 사실을 깨닫
지 못했다.

쿵!

추살대가 나가고 전문 닫히는 소리가 묵직하게 들려왔다.

독고씨 삼 남매는 희미한 미소를 지으며 전문을 바라보았
다. 가슴에 꽉 막혔던 무언가가 뻥 뚫린 것처럼 속이 시원했
다. 이런 기분은 정말 오랜만이다.

무영검가를 나온 강원소대(剛元小隊) 오십 명은 성내 자금
성 북쪽의 한적한 인공호수 하화지(荷花池)로 갔다. 그곳 호

수 옆 송림 안에 모여 앉아서 이제 어떻게 할 것인지 대책을 의논했다.

무림추살대의 소대는 우두머리의 법명이나 도호를 따기 때문에 이들은 강원소대라고 부른다.

의논한 결과 강원소대 오십 명 중에서 십여 명을 제외하고는 모두 지금 당장 무영검가를 응징하자고 입을 모았다. 어느 누구보다도 강원이 앞장섰다.

강원은 아까 독고씨 삼 남매에게 당한 수모가 뼛속까지 스며든 탓에 지금도 그때 생각을 떠올리면 저절로 몸이 부들부들 떨렸다.

그래서 강원소대는 북경성의 방파나 문파들에게 협조를 요청하기로 결정했다.

강원이 품속에 지니고 있는 무림추살령패(武林追殺令牌)를 내보이면 어느 누구라도 협조해야 하는 것이 소림사에서 정한 법이다.

한 시진 후. 강원소대는 북경성에서만큼은 무림추살령패가 무용지물이라는 사실을 깨달았다.

그들은 북경성의 수십 개 방, 문파 중에서 무영검가와 더불어 양대산맥이라고 할 수 있는 뇌전팽가에 제일 먼저 찾아갔었다.

그런데 전혀 예상하지 못했던 일이 벌어졌다. 무영검가를 응징할 텐데 협조해 달라는 강원의 요청에 뇌전팽가의 가주 팽기둔(彭基屯)은 난색을 표하며 고개를 가로저었다.

거절하면 소림사가 이 일을 결코 묵과하지 않을 것이라는 경원의 엄포에 팽기둔은 이렇게 대꾸했다.

"무당파를 멸문시키고 싶은데 소림사더러 협조하라고 하면 하겠소?"

이후 강원은 북경성의 여러 방파와 문파들을 일일이 찾아다니면서 협조를 요청했으나 대답은 조금씩 달랐지만 뜻은 대동소이했다.

"뇌전팽가가 선봉에 서면 본 방도 협조하겠소."

"무영검가라고요? 본 방은 늘 무영검가에 신세를 지고 있는데 어찌 어버이 같은 분들을 칠 수 있겠소?"

"본 문은 무영검가와 운명을 같이할 테니까 장차 소림사가 무영검가를 공격하게 되면 본 문도 함께 멸문시키시오."

강원소대는 이런 상황하에서는 더 이상 어느 누구의 협조도 구할 수 없다는 판단을 내리고 북경성을 출발했다.

*   *   *

도무탄은 독고지연을 찾으러 무영검가를 나섰다.

독고지연이 울면서 전문 밖으로 달려나갔다는 무영검수들의 말에 무작정 성내를 누비고 다녔다.

　그는 성내 밤거리를 헤매고 다니는 동안에 한 가지 사실을 절실하게 깨달았다.

　자신이 그녀를 너무도 사랑하고 있다는 사실이다. 그래서 반드시 그녀를 찾아 무릎을 꿇고 사죄를 해서 용서를 받아야지만 꽉 막힌 숨통이 트일 것 같았다.

　도무탄은 한 시진 넘게 북경성 내를 돌아다녔으나 어디에서도 독고지연을 발견하지 못했다.

　의기소침하고 기운이 빠진 그는 그래도 포기하지 않고 걸음을 멈추지 않았다.

　얼마나 돌아다녔는지 초행길인 북경성 내의 거리가 이제는 어느 정도 눈에 익을 정도다.

　그러다가 어느 순간 거리 저만치에서 몰려가고 있는 특이한 복장의 한 무리를 발견하고 걸음을 뚝 멈췄다.

　'추살대!'

　소림무승과 여승, 그리고 도사들로만 구성된 오십여 명이 전방 십여 장 거리에서 성의 남문 방향으로 가고 있는 뒷모습이다.

북경성 밖. 사람들의 왕래가 완전히 끊어진 캄캄한 관도에 강원소대 오십 명이 경공술을 전개하여 빠른 속도로 달리고 있다.

　강원소대는 도무탄이 무영검가에 머물고 있다고 확신했다. 개방제자들이 통현포구에서 도무탄과 독고지연의 모습과 그들이 탄 마차가 무영검수의 안내를 받으며 무영검가로 들어가는 것까지 목격했기 때문이다.

　그런데도 강원소대로서는 어떻게 해볼 도리가 없다. 북경성은 무영검가와 뇌전팽가 두 문파가 장악하고 있는데, 뇌전팽가가 협조하지 않는 한 무영검가를 응징하는 것이나 무영검가에서 도무탄 한 사람만을 콕 찍어서 잡아내는 일은 불가능하다.

　그렇다고 강원소대 단독으로 무영검가를 공격하는 행위는 짚더미를 안고 불로 뛰어드는 것만큼이나 위험한 일이라서 생각하지도 않았다.

　그래서 일단 작전상 북경성에서 물러나기로 했다. 무영검가와 뇌전팽가의 천하인 북경성 내에서 강원소대가 구태여 곱지 않은 따가운 시선을 받아가면서 머물러 있어야 할 이유가 없다.

　천하 어느 곳이든 구대문파의 이목 역할을 해주는 개방이 있으므로 도무탄의 행적에 대해서는 염려하지 않아도 될 터이다.

더구나 강원이 북경성의 개방 총타(總舵)를 찾아가서 방주를 직접 만나 무영검가를 위시하여 북경성 내에서 일어나는 일을 주의 깊게 봐달라고 부탁까지 해두었다.

강원소대는 멀리 떠나려는 것이 아니다. 북경성 남서쪽 이십여 리 떨어진 완평현(宛平縣)에 머물면서 본대(本隊)가 도착할 때까지 기다릴 것이다.

도무탄이 북경성에 있으므로 추살대가 다른 지방을 헤매고 있을 이유가 없다.

추살대 오백 명을 모두 불러 모아서 다시 한 번 무영검가에 찾아가 도무탄을 내놓으라고 요구할 터이다.

추살대만 모으는 것이 아니다. 무영검가나 뇌전팽가의 세력권 밖에 있는 방파나 문파의 고수들을 대거 소집해서 이끌고 오면 북경성이 제아무리 무영검가의 안방이라고 해도 별수 없을 것이다.

완평현은 영정하 건너에 있으므로 강원소대는 포구에서 배를 타야 하는데 자정이 다 되어가는 시각이라서 배가 끊어진 지 오래다.

강 이쪽은 숲과 들판뿐이라서 강원소대가 마땅히 쉴 만한 곳이 없다.

이들은 오늘 하루 종일 수백 리를 돌아다닌 터에 몹시 지치고 피곤했다.

강만 건너면 편하게 쉴 곳이 있기 때문에 조금 무리를 해서라도 배를 구해 강을 건너기로 했다.

강 이쪽에는 내일 아침에 강을 건널 도선(渡船) 한 척과 몇 척의 배들이 정박해 있으며 근처에 선부들이 묵는 허름한 초옥이 한 채 보였다.

강원의 명령을 받은 도사 두 명이 선부를 깨우러 초옥으로 갔고, 잠시 후에 불이 켜졌으며 잠에서 깨는 듯한 목소리와 고함 소리가 들렸다.

이쪽에 모여서 기다리고 있는 전체 인원 중에서 도사 한 명이 근처의 숲으로 걸어 들어가더니 괴춤을 내리고 오줌을 누었다.

보통 남녀불문하고 오줌을 눌 때는 배설이 주는 쾌감 때문에 정신이 몽롱해지게 마련이다.

그리고 이런 캄캄한 밤중에는 대부분 눈을 감고 배설의 쾌감을 음미하는 게 보통이다.

배설은 성교 시 남자의 사정, 혹은 여자의 절정의 느낌을 축소한 것 같기 때문이다.

삭……

오줌을 거의 다 누고 있던 도사는 뒤에서 풀잎이 미미하게 혼들리는 소리를 들었다.

그러나 바람 소리일 것이라 여기고 쾌감의 마지막을 음미하며 작게 부르르 몸을 떨었다.

슥─

"……."

그런데 뭔가가 도사의 입을 틀어막는가 싶더니 그의 목이 한 바퀴 빙글 돌아갔다.

투둑……

발밑에서 나뭇가지가 밟힌 듯한 나직한 음향과 함께 도사의 머리가 한 바퀴를 돌고는 얼굴이 처음 향했던 곳으로 돌아왔다.

그렇지만 그 얼굴은 방금 전에 배설의 쾌감으로 흐뭇하게 물들어 있는 표정이 아니다.

지금은 하나의 커다란 손이 코와 입을 틀어막고 있으며 두 눈이 툭 튀어나왔다.

오줌을 누던 도사의 뒤쪽으로 접근하여 한 손으로 그의 입을 막고 다른 손으로 머리를 한 바퀴 돌려서 목을 부러뜨려 즉사시킨 인물은 그 자세로 우뚝 서서 저만치 강원소대가 모여 있는 곳을 쳐다보았다.

그러나 그들은 이곳에서 벌어진 일에 대해서는 전혀 감지하지 못한 것 같았다.

괴한, 즉 도무탄은 도사를 조용히 바닥에 눕히고 그의 겉옷을 벗긴 다음에 어깨에 메고 있는 검을 풀었다.

이어서 자신이 도사의 겉옷을 입고 어깨에 검을 메고는 오줌을 누고 대열로 돌아가는 것처럼 태연하게 강변으로 걸어갔다.

그가 숲에서 나올 때 초옥에서 도사 두 명이 잠이 덜 깬 듯한 선부 세 명과 함께 나오고 있었다.

모두들 그쪽을 쳐다보고 있을 때 도무탄은 대열 속으로 자연스럽게 스며들었다.

선부들을 깨우러 갔던 도사들은 오십 명을 강 건너 포구까지 건너다 주면 운임을 듬뿍 주기로 했는데, 그것만으로는 선부들의 불만을 잠재울 수가 없어서 약간의 억압을 가하기도 했다.

그래서 선부들은 찍소리 하지 못하고 졸음을 떨쳐 내며 배의 밧줄을 풀고 강원소대를 태웠다.

강원소대 오십 명이 줄줄이 배에 올랐다. 선부들이 들고 있는 하나의 유등은 캄캄한 밤중에는 있으나 마나 했다. 도사의 옷을 걸치고 있는 도무탄은 별다른 의심 없이 모두에 섞여서 배에 올라탔다.

끼익… 끽…….

선부들은 노를 저어서 바람 한 점 없이 잔잔한 강상으로 강원소대 오십 명이 탄 배를 몰아 나갔다.

영정하 중류인 이곳은 평지인 까닭에 강폭이 매우 넓어서 백여 장에 이르렀으며 물살이 거의 정지해 있는 것처럼 느렸다.

배의 선수 기둥에 유등이 달랑 하나 걸렸을 뿐이라서 배가 나아가는 모습은 마치 크고 시커먼 괴물이 수면을 묵직하게 미끄러지는 것 같았다.

강원소대의 이십 명은 배의 앞쪽에 모여 서 있고 다른 사람들은 뒤쪽의 여기저기 바닥이나 뱃전에 흩어져 앉아서 휴식을 취하고 있다.

그들은 자파 사람들끼리만 모여 있다. 무림추살대, 그리고 강원소대라는 조직으로 뭉쳤으나 끈끈한 연대감 같은 것은 없는 듯했다.

앉아 있는 사람은 대부분 눈을 감고 휴식을 취했으며, 배 앞쪽에 서 있는 사람들은 어둠에 잠긴 강 건너 포구를 주시하고 있으나 아무도 입을 열지 않았다.

다만 배의 앞머리가 수면을 가르는 소리만 잔잔하게 들려오고 있을 뿐이다.

배가 강의 한복판에 이르렀을 때 배 중간쯤 오른쪽 난간 아래에 앉아 있던 도무탄은 천천히 일어나 배 선수에 서 있는 이십 명 뒤쪽으로 다가갔다.

앉아 있는 사람들은 모두 눈을 감고 휴식을 취하고 있는 중이라 그를 보지 못했다.

설혹 봤다고 해도 종남파 도사의 옷을 입고 있는 그를 의심하지는 않을 터이다.

서 있는 사람들은 전방을 주시하고 있어서 그림자처럼 접근하는 도무탄의 기척을 감지하지 못했다.

스으……

그는 무리의 가장 뒤쪽에 서 있는 네 명의 도사와 승려들 두 걸음 뒤에 멈춰서 두 손을 들어 옆구리에 붙였다.

그는 할 수만 있으면 이 배에 타고 있는 강원소대를 모조리 죽일 생각이다.

이들과 원한이 있어서가 아니다. 이들이 도무탄을 잡거나 죽이려는 무림추살대이기 때문이다.

창의 손잡이는 소림사의 새로운 장문인이나 원로들이 잡고 있지만 실제로 도무탄을 찌르는 것은 창날인 바로 이들인 것이다.

그래서 창날을 잘라 경종을 울리려는 것이다. 소림사가 도무탄을 죽이려고 하는 행동이 얼마나 무모하고 부질없는 짓인지를 보여줘야 한다.

도무탄 앞에 서 있는 이십 명은 전부 소림사의 승려와 무당파의 도사다.

유유상종(類類相從). 끼리끼리 어울린다고, 구대문파의 정점에 있는 소림사와 바로 그 아래에 있는 무당파는 서로 격의 없이 잘 어울리고 있다. 평소에도 교류가 활발한 두 문파라서 어색함이 없다.

또한 두 문파는 자신들만의 특별한 자존감(自存感)으로 연결되어 있다.

겉으로는 무림추살대가 모두 함께 구대문파라는 큰 틀 속에서 동등한 것처럼 행동하지만, 사실은 소림사와 무당파의 제자들은 자신이 다른 칠대문파보다 훨씬 더 격이 높다고 자부한다.

그들은 그것을 티를 내지 않는다고 하지만 지금도 자기들끼리만 모여 서 있으니 티를 내는 것이나 다름이 없다.

그런 것을 느끼지 못할 다른 세 문파 사람들이 아니다. 그래서 앉아 있는 세 문파 사람들은 상대적 소외감이나 열등감을 느끼고 있다.

도무탄은 권혼력을 극한으로 끌어 올렸다. 그는 최초의 공격으로 천신권격 제일변 천쇄의 네 번째 세분인 강인(罡刃)을 전개할 생각이다.

물론 천신권격 제사변 격광을 전개하면서 거기에 강인을 싣는다.

그렇게 하면 단언컨대 이 배에 타고 있는 그 누구도 죽음을 피하지 못할 것이다.

그는 앞에 서 있는 이십 명 소림승과 무당 도사들의 위치와 방향, 거리를 정확하게 계산하고는 공격을 개시했다.

후우…….

그의 두 손이 앞으로 뻗어나갈 때 흐릿한 빛이 어른거렸다. 물론 두 손은 보이지 않았으며, 격광을 전개했기 때문에 찰나적으로 손이 빛으로 화한 것이다.

퍼퍼퍼퍽!

"컥!"

"끅!"

"흑!"

맨 뒤쪽에 일렬로 약간 들쭉날쭉하게 서 있던 자들이 거의 동시에 뒷머리와 등을 얻어맞고 답답한 신음을 터뜨리며 제각각 다른 방향으로 퉁겨 날아갔다.

엄밀하게 따지면 차례대로 가격을 당해서 날아가는 것이지만 워낙 빠른 공격이라서 한꺼번에 가격당하고 또 날아가는 것처럼 보인다.

또한 그는 줄기차게 공격을 하기 때문에 최초에 대여섯 명이 한꺼번에 날아가더니 그 뒤를 이어서 줄줄이 가격을 당하고 또 날아가고 있는 중이다.

도무탄은 주먹으로 가격을 했지만 주먹이 적들의 몸에 실제로 닿지는 않았다.

주먹을 뻗으면 강인이 권혼력을 한 자 길이로 뿜어내서 주먹보다 먼저 적의 몸을 때린다.

그러나 예전처럼 몸을 관통하지는 않았다. 그저 권신탄이 뒤통수를 건드린 것으로 뇌가 다 으깨어졌으며, 등을 맞은 것으로 심장과 폐가 바스러져 버렸다.

그렇게 되면 신음조차 제대로 지르지 못하고 맞는 순간 즉사하고 만다.

그것은 예전에 몸을 관통했던 것보다 한 차원 더 수준이 높은 공격이다.

우선 상처가 없으니까 피를 보지 않아도 되고, 당하는 입장에서는 고통이 순간적으로 찾아왔다가 숨이 끊어지니까 훨씬 자비롭다고 할 수 있다. 그렇지만 죽음이 자비라고는 할 수 없다.

"허엇?"

"으앗!"

서 있는 이십 명 중에 앞쪽에 서 있는 자들이 황급히 돌아보면서 놀란 외침을 쏟아내고 있는 중에도 도무탄의 공격은 이어졌다.

퍼퍼퍼퍽!

"큭!"

"컥!"

소림승과 무당 도사들은 계속해서 뒤통수와 등을 적중당해 입에서 피를 토하며 허공으로 쏜살같이 날아갔다.

현재 아홉 명이 날아가고 있으며 열 명째가 뒤통수를 가격당하여 그 뒤를 잇고 있는 중이다.

그런데 그 속도가 워낙 빨라서 열 명이 한꺼번에 신음을 터뜨리며 날아가는 것 같은 광경이다.

그 무엇 하고도 비교할 수 없을 만큼 빠른 격광에 최고의 파괴력을 지닌 천쇄의 강인을 실은 공격은 눈 깜빡할 사이에 열 명을 밤하늘로 날려 보냈다.

서 있는 이십 명 중에서 살아 있는 열 명은 그제야 위기를 감지하고 다급하게 몸을 돌리고 있다.

퍼퍼퍽!

"끽!"

"커윽!"

돌아서고 있는 그들은 눈앞에 희한한 광경이 벌어지고 있는 것을 발견하고 흠칫 놀랐다.

자신들의 뒤에 서 있던 소림승과 무당 도사들이 밤하늘로 날아가고 있는 광경이다.

그런데 그들은 스스로 몸을 날린 것이 아니라 누군가에 의해서 떠밀리듯이 날아가고 있다.

그들의 코와 입에서 뿜어진 피가 비가 내리듯이 허공을 뒤덮고 있었다.

먼저 떠오른 사람은 배의 좌우 허공으로 일 장 이상 날아가고 있으며, 다른 사람들이 그 뒤를 따라 날아갔다.

그리고 아래쪽 갑판에서는 방금 등짝이나 뒤통수를 호되게 얻어맞은 것 같은 표정과 몸짓을 하며 허공으로 떠오르는 세 사람이 보였다.

그런데 도대체 누가 공격을 하고 있는 것인지는 아직 보이지 않았다.

아니, 지금 막 당한 세 명이 허공의 각기 다른 방향으로 붕 떠오르면서 그들의 발아래에서 상체를 약간 숙인 자세로 쏘아 오는 한 명의 괴한을 발견했다.

그런데 발견하는 순간 괴한은 지금 막 돌아서고 있는 소림승과 무당 도사의 코앞으로 유령처럼 번뜩이며 들이닥치고 있다.

퍼퍽!

"캑!"

"컥!"

또다시 무당 도사 두 명이 왼쪽 가슴 심장 부위가 폭발하는 것 같은 느낌을 받으면서 허공으로 날려갔다.

쩌쩍!

"끅!"

"흑!"

그리고 다음 순간 반격의 자세를 취하려던 소림승 두 명의 얼굴 한복판이 함몰하면서 상체가 뒤로 후딱 젖혀지며 날아갔다.

스사사—

배 앞쪽에 서 있던 이십 명 중에서 남아 있는 것은 이제 세 명뿐이다.

그들은 강원소대의 우두머리인 강원과 한 명의 소림승, 한 명의 무당 도사다.

그들은 비로소 완전히 몸을 돌린 상태에서 공격자의 모습을 발견하고 반격할 태세를 갖추었다.

차앙!

강원과 소림승은 도무탄을 향해 맹렬하게 장풍을 발출했으며, 무당 도사 한 명은 검을 뽑는 것과 동시에 도무탄을 베어갔다.

지금과 같은 창졸간의 암습에 대처하는 그들의 반격은 놀랄 만큼 훌륭했다.

하지만 상대가 도무탄이며 그의 수법이 너무도 빠르다는 사실이 이들에겐 비극이다.

지금까지 계속 공격을 이어오고 있는 도무탄은 탄력을 받아서 기세가 가파르게 오르고 있는 것에 비해서, 이제 막 첫 공격을 시작하는 강원 등이 열세의 상황인 것은 두말할 나위가 없다.

후우우…….

도무탄의 두 주먹이 강원 등 세 명을 향해 뻗어지고 세 개의 빛살 권신탄이 부챗살처럼 펼쳐졌다.

껑― 퍼퍽!

"큭!"

"컥!"

권신탄은 무당 도사가 그어대는 검을 두 동강 내고는 그의 콧등을 찍었으며, 소림승의 관자놀이를 두들겨 부쉈다.

강원은 본능적으로 위기를 감지하고 오른쪽으로 신형을 날리며 피했다.

자신에게 쏘아 오는 공격을 보고서 피한 것이 아니다. 같이 서 있던 동료들이 한꺼번에 밤하늘로 날아가고 갑판에서 한 인물이 흡사 저승사자처럼 짓쳐오는 광경을 발견하고는 그저 막연하게 취한 행동이다.

그 덕분에 그는 자신의 왼쪽 가슴으로 짓쳐오던 권신탄을 가까스로 피할 수 있었다.

퍽!

그러나 권신탄은 그의 심장을 약간 벗어나 왼쪽 어깨에 적중되어 뼈를 으스러뜨렸다.

"으윽!"

엄청난 충격과 고통이 확 엄습하고 있을 때 강원은 목전까지 쇄도한 공격자의 발길질이 자신의 목으로 쏘아 오는 것을 발견했다.

그는 차라리 피하지 말고 일격에 즉사하는 편이 좋았다. 그랬다면 두 번 고통을 당하지 않았을 터이고, 이처럼 공포에 질리지도 않았을 것이다.

퍽!

"끅!"

도무탄의 발끝이 쓰러지고 있는 강원의 턱을 걷어차서 머리를 목에서 뚝 떼어 하늘로 날려 보냈다.

강원은 머리만 떼어져서 밤하늘로 쏜살같이 날아가며 방금 자신에게 발길질은 한 사내가 배 선수에 우뚝 서서 몸을 돌리고 있는 광경을 굽어보았다.

그러면서 어쩌면 저 사내가 자신들이 잡으려고 했던 등룡신권 도무탄일지 모른다는 생각이 들었으나 생각은 거기에서 끝났다.

도무탄이 선수에 서 있던 이십 명을 다 허공으로 날려 버리고 다른 삼십 명을 향해서 몸을 돌릴 때 비로소 이십 명이 한꺼번에 강물에 앞다투어 떨어졌다.

풍덩! 첨벙! 푸덩!

그로 미루어 도무탄이 얼마나 빠른 순간에 이십 명을 죽였는지 짐작할 수 있을 것이다.

노를 젓던 세 명의 선부는 어느새 배를 버리고 물속으로 뛰어들어 도망치고 있는 중이다.

차차창!

배의 중간과 끝에 앉아 있던 삼십 명의 여승과 도사들이 일제히 검을 뽑으면서 도무탄에게 한꺼번에 짓쳐왔다.

아미파의 여승들이나 화산파, 종남파의 도사들은 모두 검을 사용한다.

그들은 도무탄이 누구냐고 묻지도 않았다. 그런 것을 물을 상황이 아니다.

동료 이십 명이 졸지에 밤하늘로 날아가 강물에 빠지는 것을 목격한 상황에서 한가하게 그런 것을 물을 사람은 아무도 없다.

싸움은 한순간도 끊어지지 않았다. 도무탄은 불과 한 호흡 반 만에 배 앞쪽의 이십 명을 죽이고 몸을 돌리자마자 삼십 명을 향해 돌진해 갔다.

슈욱—

이미 이십 명을 저승으로 보내면서 살심(殺心)이 크게 치솟은 그의 두 눈이 살기로 번들거렸고 잔인한 미소를 지으며 흰

이가 드러나 반짝거렸다.

"흐흐흐… 네놈들이 얼마나 잘나서 날 핍박하는지 어디 재주를 맘껏 보여봐라."

배는 강 한가운데 떠 있어서 도망칠 곳도 없지만 도무탄이나 삼십 명의 여승과 도사들은 도망칠 생각이 추호도 없는 것 같았다.

삼십 명의 여승과 도사들은 도무탄이 순식간에 강원을 비롯한 이십 명을 날려 버린 것을 보고 그가 굉장한 고수일 것이라고 직감했다.

하지만 그를 어떻게 상대할 것인지 대책이나 방법을 강구할 겨를이 없다. 지금은 그저 전력을 다해서 죽기 살기로 싸워야 할뿐이다.

예상하건대 아마 불과 한두 호흡 만에 삼십 명의 생사가 결정될 것이다.

큐우웅—

쏘아 가는 도무탄이 두 주먹을 쭉 뻗자 두 줄기 핏빛 광채 권신탄이 뿜어졌다.

연달아 두 번 더 주먹을 내뻗어 도합 여섯 개의 권신탄을 발출했다.

무림추살대는 오대문파에서 엄선된 고수들이지만 권신탄에는 속수무책이다.

퍼퍼픽!

권신탄은 격광에 강인을 실은 것과는 달리 핏빛 광채가 적들의 몸에 닿자마자 관통해 버렸다.

가장 앞서 돌진해 오던 여섯 명의 머리통이 박살 나고 가슴이 퍽퍽 구멍이 뚫리며 뒤로 퉁겨졌다.

슈욱—

거리가 가까워졌기 때문에 더 이상 권신탄을 전개할 수 없게 된 도무탄은 적들의 한가운데를 뚫고 들어가며 두 팔을 맹렬하게 휘둘러 천쇄의 세분 극쾌, 초환, 무영, 강인을 연달아 전개했다.

퍼퍼퍼픽!

적들이 모두 검을 사용하기 때문에 될 수 있는 한 접근전을 벌이는 것이 유리하다.

그림자처럼 바싹 붙으면서 주먹으로 갈겨대면 긴 검으로는 당해낼 재간이 없다.

여승과 도사들은 자신들 속으로 파고든 도무탄이 워낙 빠르고 또 근접해서 공격을 가하기 때문에 검을 휘두르지도 못하고 허둥거렸다.

도무탄은 잠깐 사이에 여승과 도사 일곱 명을 날려 버리거나 거꾸러뜨렸다.

파아아—

콰드득! 빠자작!

"끄아아—!"

"흐아악!"

그의 두 손에서는 어느새 신절이 전개되고 있었다. 신절 요단과 조탁이 펼쳐지면서 손에 닿는 대로 비틀고 꺾으며 부러뜨린다.

그가 열두 명째 도사의 모가지를 분질러 꺾을 때 등 쪽에서 미미한 소리가 났다.

팍!

그와 동시에 오른쪽 어깻죽지 아래가 화끈했다. 검에 베인 것 같았으나 개의치 않았다.

이 정도 큰 싸움을 하면서 몇 군데 상처를 입는 것이 무슨 대수겠는가.

중요 부위에 치명상만 입지 않으면 된다는 생각에 그는 신절을 다시 천쇄로 바꾸어 전개했다.

아니, 천쇄와 신절을 뒤섞어서 전개했다. 어떨 때는 오른손으로는 천쇄를, 왼손으로는 신절을 전개했다.

그 자신에게 그런 능력이 있는 줄도 몰랐었는데 막상 싸움에 임하니까 두 손으로 각기 다른 초식을 전개할 수 있게 되었다.

"죽어랏!"

쉬익!

전방 왼쪽에서 젊은 아미여승 한 명이 맹렬하게 검을 그으면서 외쳤다.

도무탄은 그녀에게서 시선을 떼지 않은 상태에서 허리를 살짝 굽혀 검을 피하고는 왼손을 불쑥 뻗어 그녀의 복부를 슬쩍 건들며 위로 훑었다.

츠웃—

"아악!"

뱃속이 꼬이고 갈비뼈가 왕창 부러지면서 젖가슴이 터져 버린 그녀는 처절한 비명과 핏물을 토하면서 뒤로 벌러덩 나가떨어지며 숨이 끊어졌다.

퍼퍼퍽!

콰드득!

으지직!

"끄아악!"

"하윽!"

가죽으로 만든 북을 두드리는 듯한, 그리고 뼈를 부수고 살을 찢는 소리가 소름끼치게 터지면서 거기에 처절한 비명이 더해졌다.

두 손으로 생명을 빼앗고 있는 이 순간만큼은 도무탄도 냉정한 정신을 지니고 있을 수가 없다.

그는 절반 이상은 이성을 잃은 상태에서 살심이 이끄는 대로 몸을 내맡겼다.

쐐액!

그가 오른 주먹으로 어느 도사의 가슴을 가격하고 있을 때 전면 왼쪽에서 한 명의 여승이 그의 정수리를 겨냥하고 맹렬하게 검이 그어져왔다.

다급히 보법을 밟았으나 늦었다. 어쩔 수 없이 왼손을 뻗어 검을 쳐나갔다.

너무 급박한 상황이라서 맨손으로 검의 옆면을 후려칠 생각을 한 것이다.

만약 잘못될 경우에는 손이나 팔이 여지없이 잘라지고 말 터이다.

그리되면 제아무리 그의 상처가 권혼력으로 치료가 된다고 해도 팔이 잘린 것까지는 어쩔 도리가 없을 것이다. 하지만 그렇다고 해도 죽는 것보다는 낫다고 순간적으로 결정을 내렸다.

도무탄은 왼손으로 검의 옆면을 쳐서 튕겨나게 하려 했는데 실패했다.

이젠 최악의 상황만 남았다. 그의 맨손 손가락 한가운데로 검이 파고들었다.

떠억!

"아악!"

그런데 예상하지 못했던 일이 벌어졌다. 검으로 도무탄의 왼손을 내려친 여승이 도리어 처절한 비명을 지르면서 코와 입에서 피를 쏟으며 퉁겨 날아갔다.

그걸 보고 도무탄은 가볍게 놀라 흠칫했으나 곧 어떻게 된 영문인지 깨달았다.

현재 초식을 전개하고 있는 그의 두 손에는 권혼력이 팽팽하게 주입된 상태다. 그래서 검이 그의 손에 닿는 순간 권혼력이 반탄력이 되어 뿜어 나가 여승에게 심각한 내상을 입힌 것이 분명하다.

도무탄은 치열하게 싸우는 도중에 한 가지 중요한 사실을 깨달았다.

자신에게 매우 유익한 정보다. 권혼력이 주입되면 공력이 주입된 검마저 퉁겨낼 수 있다니, 그보다 더 유익한 정보는 없을 것이다.

도무탄은 방금 검을 휘둘렀다가 반탄력에 퉁겨나간 여승이 칠공에서 피를 흘리며 바닥에 주저앉았다가 일어서려고 안간힘을 쓰고 있는 것을 보고 득달같이 달려들면서 발을 날렸다.

그런데 그 순간 등 한가운데가 화끈했다. 검에 찔린 것 같았다. 다만 그가 앞으로 달려나가는 바람에 검에 찔리는 충격이 덜했다.

주저앉아 있는 여승은 코와 입, 눈에서까지 피를 흘리면서 자신에게 뻗어오는 도무탄의 왼발을 쳐다보았다. 피에 물든 눈빛이 몹시 서글퍼 보였다.

퍽!

도무탄은 자신의 발끝이 여승의 턱을 걷어차기 직전에 그 녀의 슬픈 눈을 보고는 찰나지간 가슴이 울컥했다.

권혼력이 주입된 발길질에 슬픈 눈빛을 짓던 여승의 머리 가 목에서 떨어져 나가 밤하늘로 치솟았다.

'너에겐 죄가 없다. 너를 여기로 보낸 자의 죄다!'

여승을 죽인 쓰린 마음이 분노로 더해져서 도무탄은 이를 악물고 미친 듯이 누비면서 주먹을 휘둘렀다.

퍼퍼퍽!

"이것이 네놈들의 계도(啓導)냐?"

천쇄의 세분들이 그의 두 주먹에서 뿜어지며 여승과 도사 들이 가랑잎처럼 날아갔다. 죽이지 말아야 할 사람들을 죽이 는 것 때문에 그는 더욱 분노했다.

"중이면 중답게! 도사면 도사답게 행동해라!"

빠직! 우두둑!

신절의 수법들이 여승과 도사들의 뼈를 수수깡처럼 부러 뜨리고 장기를 터뜨렸다.

도무탄은 광기를 뿜어내며 으르렁거렸다.

"날 좀 가만히 내버려 두란 말이다!"

퍼퍽!

반쯤 이성을 잃은 그의 수법이 점점 잔인 일변도로 치달았다. 처음에는 겉에 상처를 내지 않고 속만 박살 냈었는데 지금은 머리를 깨뜨리고 몸에 퍽퍽 구멍을 뚫어서 피와 내장이 쏟아지게 만들었다.

"흐으으……."

그러다가 어느 순간 그는 정신을 가다듬었다. 그리고 눈앞 세 걸음 거리에 여승 하나가 공포에 질려서 검을 늘어뜨린 채 우두커니 서 있는 것을 발견했다.

하지만 광기에 물들어 있다가 막 정신을 차린 그는 여승이 싸울 의사가 추호도 없다는 사실을 간파하지 못하고 그대로 달려들어 주먹을 날렸다.

"이제 그만……."

여승은 손사래를 치면서 뒷걸음질 쳤다. 그녀는 겁에 질리기도 했지만 그보다는 이 배 위에서 벌어지고 있는 도살에 몸서리를 쳤다.

아마도 그녀는 동료들의 머리가 박살 나고 몸통이 터져서 피와 내장을 쏟아내며 죽는 광경을 목격하고는 말로는 표현할 수 없는 그 무언인가를 깨달았는지도 모른다.

펵!

그녀가 해탈을 했든 열반을 했든 말든 도무탄의 주먹에서 뿜어진 권신탄이 그녀의 머리통을 박살 냈다.

비로소 도무탄은 동작을 멈추고 그 자리에 천천히 멈추어 섰다. 그의 앞에서 머리가 사라진 여승의 몸뚱이가 뒤로 쓰러지고 있었다.

쿵!

그는 방금 봤던 여승의 절박하고 안타까운 듯한 표정의 잔상이 망막에 남아서 머리가 조금 혼란스러웠다.

돌이켜 생각하면 방금 그녀는 구태여 죽일 필요가 없었다. 그녀는 이미 싸울 의사를 잃었으며 도무탄이 원하던 그 무엇인가를 깨달은 표정이었다.

그러면 됐는데 내친김에 그냥 죽여 버렸다. 그렇다. 그냥 내친김이었다.

도무탄은 자신이 살인마가 된 것 같은 더러운 기분을 처음으로 느꼈다.

이래서는 이건 살인을 위한 살인이고 그는 살인마에 다름 아닌 존재다.

그의 얼굴이 보기 싫게 일그러졌다. 정신이 제대로 박힌 사람과 살인에 미친 자가 겨우 종잇장 한 장 차이밖에 나지 않는다는 사실을 깨달았다.

"아… 미타불……."

그때 그는 등 뒤에서 들리는 누군가의 불호 소리에 움찔 놀라 급히 몸을 돌리는 것과 동시에 덮쳐 가면서 권신탄을 발출했다.

방금 그가 깨달은 것은 깨달은 것이고, 지금 이 순간 뒤에 누군가 있다는 사실을 감지하고 공격을 가해 죽이려는 행위는 별개의 것이라고 생각했다.

"아미타불… 아미타불……."

바닥에는 머리가 없거나 몸통이 뻥 뚫려서 피와 내장을 쏟고 있는 몇 구의 시체가 널려 있는데, 그 가운데 한 여승이 오롯이 서서 두 손을 모으고 합장을 한 채 와들와들 떨면서 열심히 불호를 외우고 있었다.

도무탄은 덮쳐 가던 것을 뚝 멈추고 여승의 서너 걸음 앞에 내려섰다.

"흐흑……!"

여승은 도무탄을 보더니 헛바람을 들이키며 주춤주춤 뒤로 물러났다.

그러나 잠시 후에 등 뒤에 배의 난간이 닿자 더 이상 물러나지 못하고 멈추었다.

그녀는 도무탄이 발견했을 때부터 비 오듯이 눈물을 흘리고 있었다.

무기도 지니지 않았으며 극도로 겁먹은 얼굴에 두 손을 가슴 앞에 모으고 입으로는 쉴 새 없이 아미타불 불호만 외워댔다.

도무탄은 실수를 거듭하고 싶지 않았다. 그는 손을 저으며 씁쓸한 얼굴로 말했다.

"울지 마시오. 죽이지 않겠소."

여승은 울지 말라는 것이 명령이라 생각했는지 손등으로 마구 눈물을 닦았으나 눈물은 계속 흘렀다.

누군가 말하길, 사람이 참을 수 없는 것이 눈물과 방귀라고 했던가.

아미파의 여승들은 머리를 박박 깎은 사람이 있는가 하면 머리를 길게 기른 사람도 있다.

아미파는 불문(佛門)이지만 속가적(俗家的)인 성격이 짙은 데다 도가(道家)의 색채마저 띠고 있어서 소림사하고는 달리 여러 면에서 자유로운 편이다.

눈앞에서 울고 있는 여승은 이십 세가 될까 말까한 앳된 나이에 긴 머리카락을 뒤에서 하나로 묶은 해쓱한 얼굴을 지닌 모습이다.

第五十四章

이번에는 개방이다

끼이이… 끼이…….

도무탄은 노를 저어 배가 원래 출발했던 곳으로 느릿하게 나아갔다.

이곳은 강의 물살이 느리기 때문에 강에 빠진 시체들이 배에서 그리 멀리 떨어지지 않은 물 위 여기저기에 흩어져서 둥둥 떠 있는 모습이 캄캄한 밤인데도 희끗희끗 귀기스럽게 보였다.

강원소대 오십 명 중에서 아미여승 단 한 명을 제외하고 사십구 명이 죽었다.

그들은 대부분 강에 떨어져서 흘러가거나 가라앉았으며 배의 바닥에는 핏물 구덩이 속에 십여 구 정도만 목불인견의 모습으로 흩어져 있다.

큰 배를 도무탄 혼자 노를 젓지만 워낙 힘있게 젓는 터라서 배가 쑥쑥 잘 나갔다.

끼이익… 끼이…….

그는 노를 저으면서 옆쪽에 있는 여승을 쳐다보았다.

그의 시선을 느낀 여승은 본능적으로 흠칫 놀라면서 크게 몸을 떨었다. 그녀는 도무탄에게서 일 장 거리에 오도카니 서 있었다.

너무 무서워서 마음 같아서는 최대한 멀리 떨어져 있고 싶지만 막상 그렇게 하면 도무탄이 노여워하여 죽일지도 모른다고 생각했기 때문이다.

"이름이 뭐요?"

도무탄이 불쑥 묻자 여승은 화들짝 놀라더니 몸이 뻣뻣하게 굳으며 더듬거렸다.

"며… 명림(明琳)입니다……."

그것이 그녀의 법명인지 속세의 이름인지는 모른다. 도무탄은 그녀의 이름이 궁금해서 물은 게 아니다. 그녀가 너무 겁에 질려 있는 게 측은해서 조금이나마 긴장을 풀어주려는 의도다.

그러나 여승의 입장에서 볼 때는 사십구 명을 죽인 살인마가 으르렁거리는 소리로만 들린다.

"머리가 긴 걸 보니 속가제자요?"

"그… 렇습니다."

도무탄은 자신이 말을 걸어주는 게 그녀에게 별 도움이 되지 않는 것을 깨달았다.

"추살대에 돌아가면 우두머리에게 전하시오."

"……."

추살대 얘기가 나오자 도무탄의 목소리가 조금 굳어지고 명림은 더 겁먹었다.

"소림사뿐만 아니라 추살대에 가담한 문파들은 내가 절대로 용서하지 않을 것이라고 말이오."

"……."

"알겠소?"

"앗!"

그가 묻자 명림은 깜짝 놀라서 쓰러질 듯이 비틀거리며 낮은 비명을 터뜨렸다.

"알… 겠습니다……."

오대문파는 무림추살대를 무공만 보고 선발한 것 같았다. 피 튀기는 실전에서는 무공도 중요하지만 경륜이나 독한 심성이 더 중요하다는 사실을 모르는 모양이다. 그래서 명림처럼 심약한 성격이 추살대가 된 것이다.

도무탄은 노를 저으면서 그녀를 물끄러미 응시하다가 불쑥 물었다.

"어디로 갈 거요?"

어쩌면 그녀가 추살대로 가지 않고 아미파로 직접 갈지도 모른다는 생각이 들었다.

"저는……."

살인마하고 단둘이 있게 된 그녀는 떨지 않으려고 사력을 다하는데도 계속 몸이 떨렸다.

"추살대에게도… 아미파에게도 돌아가고 싶지 않습니다… 그래도 되는지요……."

그녀는 솔직하게 말한 것이 큰 잘못이나 저지른 것처럼 숨을 죽이고 도무탄의 눈치를 살폈다.

도무탄은 그녀가 그런 결정을 내린 것이 뜻밖이었으나 왜 그런지 이유를 조금쯤은 알 수도 있을 것 같아서 더 이상 묻지 않았다.

어느덧 배가 강가의 포구에 닿았다. 강을 건너려고 추살대의 강원소대 오십 명이 탔었는데 되돌아온 배에는 살인자와 유일한 생존자 명림 두 사람만 타고 있었다.

"받으시오."

획!

배에서 내린 후에 도무탄은 머뭇거리며 눈치를 보는 명림에게 작은 물체 하나를 슬쩍 던져 주었다.

"앗!"

철렁!

명림은 깜짝 놀라며 엉겁결에 그것을 받았는데 알고 보니 주먹 크기의 비단으로 만든 돈주머니이고 안에는 돈이 가득 들어 있어서 꽤 묵직했다.

"이걸 왜……."

그녀가 크게 놀라서 눈을 크게 뜨고 돈주머니를 보고는 다시 고개를 들었을 때 도무탄은 이미 저만치 어둠 속으로 달려가고 있는데 잠시 후에는 그 모습마저도 어둠에 묻혀서 보이지 않게 되었다.

명림은 돈주머니를 든 채 도무탄이 사라진 캄캄한 어둠을 복잡한 표정으로 응시했다.

*　　　*　　　*

영정하에서 북경성까지는 이십여 리밖에 안 되는 거리지만 도무탄은 한 시진이 지나도록 관도를 걷고 있다.

경공술을 전개해서 달리지 않고 그렇다고 빠른 걸음도 아닌 산책하는 걸음으로 천천히 걷고 있기 때문이다.

그는 강원소대 오십 명, 아니, 사십구 명을 죽인 것과 무영검가에서 독고지연이 울면서 달려 나간 일에 대해서 이것저것 곰곰이 생각하면서 걸었다.

강원소대를 몰살시킨 일에 대해서는 후회가 없다. 오히려 앞으로도 그렇게 강력하게 밀어붙여야겠다고 재삼 곱씹고 있는 중이다.

반면에 독고지연에 대해서는 길게 생각할 것도 없이 무조건 후회막급이다.

독고은한이 남자라면 누구나 품고 싶을 정도로 사랑스러운 여자임에는 틀림이 없고, 그녀가 그를 사랑한다는 사실을 알았다고 해도, 그렇게 쉽게 덜컥 그녀를 취하는 것이 아니었다는 후회다.

지금껏 그는 자신이 냉철한 이성을 지녔다고 철석같이 믿어왔고 어느 정도는 그것이 사실이다.

하지만 그의 냉철함은 사업에 대해서만 국한된 것이며 여자문제는 절대 아니었다. 그는 지금까지 그 사실을 깨닫지 못하고 있었다.

열네 살 나이에 한매선에게 동정을 바치고 그녀에게 방중술에 대해서 배운 이후 그는 여자들을 매우 간단하고 손쉬운 먹잇감으로만 인식하게 되었다.

열네 살부터 열여섯 살까지는 거의 매일 한매선하고만 관계를 했었다.

태원성 최고의 기녀였으며 누구나 한 번쯤 품어보고 싶어 하는 한매선에게서 그가 헤어 나오지 못했던 것은 어쩌면 당연한 일이었다.

하지만 열여섯 살 때부터 손대는 사업마다 승승장구하고 기루들을 개업하면서 어린 기녀들, 특히 기루를 맡긴 젊고 아름다운 루주들에게 손을 대기 시작했었다.

그는 잘생긴데다가 매력적이고 더구나 여러 개의 기루를 틀어쥐고 있는 우두머리이므로 루주들이 그의 손길을 마다할 이유가 없었다.

그가 보유하는 기루는 점점 더 많아졌고 더불어서 그가 손댈 수 있는 루주와 아리따운 기녀들은 미처 감당할 수 없을 정도로 불어났다.

그렇게 육칠 년의 세월 동안 난잡한 여자 섭렵을 하다 보니까 그에게 비뚤어진 고정관념이 굳어졌다.

즉, 여자는 정신적인 것보다는 육체적으로만 필요한 존재다. 그 어떤 여자든지 내가 손만 뻗으면 모조리 다 정복할 수 있다. 그리고 관계를 갖은 후에 일체의 책임을 지지 않아도 된다는 것들이다.

그가 건드린 여자들은 전부 그의 수하였으니까 문제가 일어날 리가 없다.

설혹 약간의 잡음이 생겼더라도 그는 전혀 모른다. 왜냐면 한매선이 다 알아서 처리했기 때문이다.

그렇게 비뚤어진 여성관(女性觀)을 지니고 살아온 그에게 이번 독고은한의 일은 차가운 경종을 울려주기에 부족함이 없었다.

독고은한도 독고지연 못지않은 피해자다. 그녀는 남자를 전혀 모르는 순결지신이었지만 도무탄은 여자라면 닳아빠진 색마에 다름 아니다.

그러므로 순진한 그녀가 그의 꼬임에 넘어가지 않을 재간이 없었다.

'주겠다고 해서 함부로 막 집어먹으면 안 된다.'

도무탄은 그런 뼈저린 그리고 뜨거운 교훈을 얻었다.

'먹었으면 대가를 치러야 한다.'

또한 그런 사실도 깨달았다. 물건을 사고 주루에서 요리를 먹어도 돈을 내지 않는가. 그것과 다를 게 없다.

자박자박…….

관도 가장자리를 걸어가는 그의 발걸음 소리만 이른 새벽의 공기를 흔들었다.

강원소대 사십구 명을 그토록 통쾌하게 죽였으면 속이 후련해야 하는데 녹고지연과 독고은한의 일 때문에 가슴속이 마구 헝클어진 실타래처럼 뒤숭숭하고 답답했다.

무영검가에서 다들 그를 기다리고 있을 것이다. 그리고 어쩌면 독고지연도 돌아왔을지 모른다.

그런데 이상한 일이다. 그는 서둘러서 돌아가고 싶은 마음이 생기지 않았다. 그 이유는 아마도 모두를 대할 면목이 없기 때문인지도 모른다.

동이 트고 난 후에 도무탄은 북경성 외성 남문인 영정문(永定門) 밖에 이르렀다.

영정문이 오 장 거리에 바라보이는 관도변에 허름한 주루가 있는데 그곳으로 향했다.

북경성은 내성과 외성 둘레에 깊고 폭이 꽤 넓은 해자(垓字)에 둘러쳐져 있다.

이곳 영정문 밖에도 해자가 외해자(外垓字)라고 하는데, 그곳에 다리가 놓여 있으며, 다리 안쪽이 영정문이고 바깥쪽 관도변에 있는 것이 주루다.

이른 아침인데도 주루에는 사람이 꽤 있었다. 대부분 먼 길을 떠나기 전에 아침 식사를 든든하게 먹어두려는 장사치들이며 하나같이 허름한 행색이고 도무탄처럼 잘 차려입은 사람은 없었다.

한여름이라서 주루의 창을 다 열어놓았으며 바깥 그리 넓지 않은 뜰에는 대여섯 개의 탁자가 옹색하게 놓여 있는데 도무탄은 그중 가장 바깥에 있는 해자 쪽의 탁자에 자리를 잡았다.

그가 앉아 있는 자리 옆에는 해자가 흐르고 있으며 해자로 내려가는 돌계단이 있다.

그곳으로 사람들이 분주히 오르내리고 있으며 폭 십여 장의 해자에는 작은 배 수십 척이 가장자리에 멈춰 있거나 바쁘게 오가고 있는 중이다.

북경성은 해자와 운하가 어느 곳보다도 잘 발달된 도읍 중에 하나이며 항주성만큼은 아니더라도 이따금 낙양성하고도 비교가 되고 있다.

북경성 한복판의 자금성을 비롯하여 내성과 외성 둘레에 굽이굽이 해자가 흐르는데 모두 거미줄처럼 동서남북으로 연결되어 있다.

자금성 둘레의 해자를 제외한 모든 해자와 십여 개의 크고 작은 호수는 배로 통행이 자유롭다.

그리고 이 해자들은 북경성 주위의 영정하와 경항대운하 등의 여러 강과 연결되어 있다. 단지 수로(水路) 같은 운하라서 작은 배들만 다니고, 여기에서 배를 타면 바다까지도 나갈 수가 있다.

도무탄은 약간 멍한 얼굴로 해자를 오가는 배들을 물끄러미 응시하다가 주문한 탕과 술이 나오자 비로소 해자에서 시선을 거두었다.

그는 이른 아침부터 술을 마시려고 하면서 점소이에게 잔 하나를 더 가져오라고 시켰다.

점소이는 그를 힐끗거리며 갔다가 잠시 후에 잔을 갖고 와 탁자에 내려놓고 또 그를 힐끗거리면서 돌아갔다.

도무탄은 여기까지 걸어오면서 머리를 매만지고 관도변의 냇물에서 세수를 해서 얼굴은 깨끗한 편이다.

그렇지만 입고 있는 비단 황의의 옆구리와 등, 어깨 뒤쪽이 찢어졌으며 붉게 피에 물들어 있는 모습이다.

영정하 배 위에서 강원소대 오십 명하고 싸우는 도중에 몇 군데 입은 상처인데 지금은 다 나았지만 옷이 찢어지고 그때 흘린 피 때문에 얼룩이 졌다.

그래서 그는 해자를 등지고 앉은 것인데 점소이가 그것을 이상하게 여기고 자꾸 힐끗거렸던 것이다.

그는 술 한 잔을 따라서 단숨에 마시고는 저만치 관도를 향해서 손을 뻗어 손가락을 까딱거리며 누군가에게 오라는 손 짓을 해 보였다.

그가 앉아 있는 곳에서 칠팔 장 거리의 관도변 한 그루 나무 뒤에 몸을 반쯤 가리고 있는 한 명의 거지가 화들짝 놀라서 급히 나무 뒤로 숨었다.

도무탄이 알기로는 저 거지는 영정하에서부터 그를 미행

하고 있었는데 모른 체했었다.

그전에는 강원소대를 추격하느라 미행에 대해서 신경을 쓰지 않았었다.

그런데 강원소대를 전멸시키고 돌아오는 길에 미행이 있는 것을 알게 되었다.

그렇다면 저 거지는 개방제자가 분명할 테고, 아마도 도무탄이 무영검가에서 나왔을 때부터 줄곧 미행을 하고 있는 것일 게다.

하면 그가 강원소대를 전멸시킨 일이 벌써 개방에 알려졌을 것이다. 개방은 그것을 추살대에 알렸을 테고.

도무탄이 이리 오라고 손짓을 했으나 개방제자는 나무 뒤로 숨고는 좀처럼 모습을 보이지 않았다.

그런데도 도무탄은 가만히 앉아서 느긋하게 술을 마시고 탕을 떠 마셨다. 개방제자에 대해서는 잊은 것 같다. 물론 잊을 리가 없다.

다만 개방제자가 도망쳐 봐야 부처님 손바닥 위의 손오공이라고 여긴 것이다.

잠시 후에 나무 뒤에서 개방제자가 한쪽 눈을 빼꼼히 내밀고는 조심스럽게 이쪽을 보았다.

그러다가 도무탄이 자신에게는 신경도 쓰지 않고 술만 마시는 것을 보고는 복잡한 표정을 지었다.

개방제자는 결국 나무 뒤에서 나와 힘없는 걸음으로 도무탄에게 다가왔다.

등룡신권에게 발각된 상황에서 도망치는 것이 얼마나 부질없는 짓인 줄 알기 때문이다.

그나마 목숨을 부지하려면 제 발로 걸어와서 머리를 조아리는 수밖에 없다.

그래야지만 희박하기는 하지만 살아날 가능성이라도 있을 것이기 때문이다.

도무탄은 맞은편 의자를 턱으로 가리키며 그쪽에 놓인 잔에 술을 따랐다.

"앉아라."

개방제자는 죽을죄를 지은 것처럼 고개를 숙이고 맞은편에 앉아서 잔뜩 몸을 옹송그렸다.

"마셔."

도무탄은 한마디 던지고는 자기 앞에 놓인 술잔을 들어 단숨에 마셨다.

개방제자는 감히 마시지 못하고 술잔을 잡았다가 놓았다 반복하며 눈치를 살폈다.

"마실래? 아니면 죽을래?"

도무탄이 빈 잔에 술을 따르며 중얼거리자 개방제자는 번개같이 술을 마셨다.

도무탄은 그렇게 묵묵히 술 한 병을 다 비운 후에야 말문을 열었다.

"북경성에 개방 총타가 있지?"

"그… 렇습니다."

삼십 대 중반으로 보이는 개방제자는 술잔을 내려놓다가 화들짝 놀라 허리를 펴며 대답했다.

"어디에 있지?"

"사… 삼의묘(三義廟)에 있습니다만……."

도무탄은 개방제자의 잔에 술을 따랐다.

"네 이름이 뭐냐?"

"보걸(甫乞)입니다."

"너 개방 총타에 대해서 자세히 설명해 봐라."

술을 반병씩 나누어 마셨는데도 개방제자 보걸은 너무 긴장한 탓에 취하지 않았다. 취할 수가 없었다. 그는 바싹 얼어서 더듬거렸다.

"왜… 그러십니까?"

"개방 총타를 쓸어버리려고 그런다."

"……"

보걸은 후드득 몸을 세차게 떨었다. 개방 총타를 쓸어버리겠다는데 어찌 개방 총타에 대해서 설명할 수 있겠는가. 그는 머릿속이 하얘져서 부들부들 떨었다.

"대체 왜… 그러십니까?"

"왜 그런지는 방주나 원로들이 알 것이다."

도무탄은 사색이 된 보걸에게서 개방 총타에 대해 설명 듣는 것을 포기했다.

그까짓 거 들으면 어떻고 안 들으면 어떠랴. 중요한 것은 개방 총타를 쓸어버리려는 의지가 아니겠는가.

"너는 개방 방주에게 전해라. 내가 한 시진 후에 총타에 찾아가겠다고 말이다."

보걸은 버쩍 얼어서 상체를 꼿꼿하게 세우고는 어쩔 줄을 몰랐다.

도무탄은 혈혈단신 소림사에 찾아가서 소림장문인과 네 명의 장로를 비롯하여 무려 백여 명을 처참하게 죽인 장본인이다.

개방 총타가 막강하다고는 하지만 소림사에 비할 바는 아니다. 그러므로 도무탄이 쓸어버리겠다고 하면 그럴 가능성이 큰 것이다.

"제가 대협을 미행한 것 때문에 그러십니까?"

"가라."

도무탄은 짧게 말하고는 더 이상 아무 말도 하지 않고 보걸에게 시선도 주지 않았다.

보걸은 한동안 좌불안석 전전긍긍하더니 이윽고 사색이 되어 슬그머니 자리를 떴다.

도무탄은 허둥거리면서 다리를 건너 영정문 쪽으로 달려가는 보걸을 보며 지그시 어금니를 악물었다.

'소림사보다 먼저 해결해야 할 것이 개방이다.'

개방을 없애거나 무슨 조치를 취해야지만 소림사는 물론이고 무림추살대의 눈과 귀를 막을 수 있다.

그는 점소이에게 술 한 병을 더 시키고 잠시 후에 점소이가 술을 가져오자 넌지시 물었다.

"삼의묘가 어디에 있느냐?"

"저기 영정문 보이시죠?"

"그래."

점소이는 고개만 돌리면 보이는 영정문을 가리켰다가 손을 오른쪽으로 뻗었다.

"영정문으로 들어가면 오른쪽에 천단(天壇)이 나오고 그쪽으로 계속 쭉 가면 해자가 있는데 거길 건너면 바로 삼의묘입니다."

점소이는 거기에 북쪽에서 남쪽으로 비스듬히 고만고만한 네 개의 호수가 나란히 있으며, 세 번째 호수 옆에 삼의묘가 있다고 자세하고도 친절하게 설명했다.

도무탄이 돈푼깨나 있어 보이니까 수고비나 얻을까 하는

얄팍한 속셈이다.

그런데 도무탄은 술 한 병을 마저 다 비우고 일어서서 계산을 하려다가 자신이 아미여승 명림에게 돈주머니를 통째로 주었다는 사실을 깨닫고 난처해졌다. 이곳에서 먹은 술값조차 낼 수 없는 처지가 돼버렸다.

수고비로 푼돈이나 얻을까 했던 점소이는 술값조차 없다는 도무탄의 말에 땅에 침을 뱉더니 그가 도망이라도 칠까 봐 허리춤을 냉큼 거머잡고 주루 안의 주인에게 아침부터 무전취식하는 자가 있는데 자신이 잡았노라고 의기양양해서 소리쳤다.

주위의 사람들만이 아니라 저만치 관도를 오가는 사람들까지 걸음을 멈추고 이 난데없는 소동을 구경했다.

요리를 하던 중이었는지 팔을 걷어붙인 주인이 손에 국자를 쥐고 달려나왔다.

"아니, 어떤 놈이 아침부터 재수 없게 돈도 없이 술을 처먹고 지랄이냐?"

도무탄은 점소이에게 허리춤이 잡혀서 난감한 상황인데 코앞에 다가온 작달막한 주인이 국자로 한 대 때릴 것처럼 휘두르며 으르딱딱거렸다.

"생긴 건 멀쩡한 놈이 할 짓이 없어서 공짜 술을 마시는 것이냐?"

"잠시 후에 사람을 시켜서 돈을 보내겠다."

도무탄은 빙그레 미소 지으며 설명했다. 그는 현재 은자 수백억 냥의 재산을 보유하고 있으나, 이곳에서 먹은 구리돈 한 냥 서 푼이 없어서 봉변 아닌 봉변을 당하고 있는 것이 씁쓸하기만 했다.

그는 난데없는 이 사건으로 말미암아 하나의 귀한 깨달음을 얻었다.

낯선 지방에서 수중에 돈이 없으면 그는 해룡방주 무진장도 뭣도 아닌 한낱 놈팡이 사실이다.

"사람을 시켜 돈을 보내겠다? 이 후레자식아! 그런 말을 내가 믿을 것 같으냐?"

주인은 '너 오늘 죽어봐라' 는 듯이 길길이 날뛰었다.

그때 관도 쪽에서 무영검사 두 명이 이 광경을 보고는 부리나케 달려왔다.

"혹시 도 대협 아니십니까?"

무영검가는 어제 저녁에 말도 없이 사라진 도무탄을 찾느라 발칵 뒤집힌 상태다.

문파의 무영검수들을 거의 다 내보내서 북경성 안팎을 샅샅이 뒤지고 있는 중이다.

도무탄은 자신에게 공손히 묻는 두 명의 무영검사를 보고는 반가움에 환하게 웃었다.

"그렇네. 내가 도무탄일세."

누군가가 이렇게 반갑기는 실로 오랜만이다.

주인과 점소이는 두 무영검수의 복장만 보고도 그들이 누구라는 것을 알고 벌써부터 설설 기었다.

사정 얘기를 듣고 난 두 명의 무영검수는 어이없다는 듯 주인을 나무랐다.

"자네 이분이 누구인 줄 아는가?"

"누구……."

도무탄이 손을 저었다.

"됐네. 자네들이 술값이나 대신 내주게."

외성 영정문으로 들어선 도무탄은 두 명의 무영검수에게 손을 저었다.

"자네들은 먼저 돌아가게."

"도 대협께선……."

그런 말을 듣게 될 줄 예상하지 못했던 두 명의 무영검수는 깜짝 놀랐다.

"나는 어디 들를 곳이 있네."

"저희가 모시겠습니다."

두 명의 무영검수는 공손하지만 강경했다. 기껏 찾아낸 도무탄을 다시 놓칠 수는 없다.

도무탄으로서는 이들을 그냥 뿌리치고 경공술을 전개하여 도망치면 될 일이다.

하지만 그러지 않았다. 개방에 가는 일이 구태여 비밀이 아니고 나중에 다 알려질 일이기 때문이다.

"가세."

"연아는 어찌 됐는가?"

굳게 닫혀 있는 천단의 커다란 문 앞을 지나면서 도무탄이 물었다.

"삼 소저께선 어젯밤에도, 그리고 오늘도 이른 새벽부터 도 대협을 찾으러 성내로 나가셨습니다."

이들은 어제 독고지연이 무영검가 밖으로 뛰어나간 사실을 모를 것이다.

도무탄은 그녀가 무사히 돌아오고 또 자신을 찾으러 나왔다는 말에 다소 안도를 했다.

그녀가 돌아왔다는 것이 도무탄을 용서한다는 것인지 무슨 뜻인지 모르겠다.

도무탄이 점점 개방 총타 쪽으로 가깝게 가자 두 명의 무영검수는 의아한 표정을 지었다.

"실례지만… 어딜 가십니까?"

해자를 건너는 다리 앞에서 무영검수가 묻자 도무탄은 걸음을 멈추고 담담한 얼굴로 말했다.

"개방 총타에 가네."

"네?"

두 명의 무영검수는 반사적으로 해자 건너를 쳐다보았다. 다리 건너는 나무들이 듬성듬성 서 있는 숲이라서 안쪽이 대충 들여다보였다.

그런데 숲 깊은 곳 여기저기에 개방제자 수십 명이 모여서 이쪽을 주시하고 있는 모습이 보였다.

그들이 뿜어내고 있는 긴장감과 팽팽한 전의가 도무탄이 있는 곳까지 느껴졌다.

무영검가와 뇌전팽가가 북경성을 중심으로 인근 삼백여 리 일대의 패자(覇者)이긴 하지만 개방은 예외다.

개방은 구대문파에 버금가는 대방파로서 무림오가하고는 격이 다르다.

그러니 잘못 건드리면 몇 배로 봉변을 당하는 터라서 무영검가나 뇌전팽가도 한 수 양보하는 편이다.

"개방을 혼내주러 가는 걸세."

도무탄은 숨기지 않고 말했다.

두 명의 무영검수는 움찔 놀랐다. 개방을 혼내준다는 것이 무슨 뜻인지 제대로 이해하지 못했다. 하지만 도무탄이 위험한 행동을 하려는 것만은 분명했다.

"자네들은 여기에서 돌아가게."

그 말만 남기고 도무탄은 성큼성큼 다리를 건너갔다.

"도… 대협."

무영검수들이 급히 불렀으나 도무탄은 뒤돌아보지 않고 계속 걸어갔다.

이들은 잠시 의논하다가 한 명은 무영검가에 이 사실을 알리러 달려가고, 한 명은 여기에 남아서 무슨 일이 벌어질지 지켜보기로 했다.

第五十五章

목숨을 건 도박

도무탄은 숲 한가운데를 가로질러 똑바로 걸어갔다.

　숲 여기저기에 개방제자가 많았으나 아무도 그의 앞을 막아서지 않았다.

　오히려 앞에 있던 개방제자들이 슬금슬금 양옆으로 물러나며 길을 터주었다.

　그들은 살벌한 눈빛과 표정으로 도무탄을 쏘아보았으나 함부로 발작하지는 않았다.

　도무탄은 개방 총타와 혼자서 충돌하는 것이 조금도 겁나지 않았다.

그가 원래 겁이 없는 성격이기도 하지만, 소림사에 단신으로 올라가서 장문인과 소림사로를 비롯한 백여 명을 죽이고 천불갱에 감금되었다가 소연풍에 의해서 구사일생 살아난 이후로는 더욱 겁이 없어졌다.

게다가 그는 불과 몇 시진 전에 무림추살대 강원소대를 명림 한 명만 남기고 깡그리 죽였기에 아직도 두 손에서 피 냄새가 물씬 풍기고 있다.

당금 무림에서 등룡신권이라는 별호는 하나의 전설을 만들어내고 있는 중이다.

그러므로 겁은커녕 투지가 정수리를 뚫고 나올 정도라서 내친 김에 개방 총타까지 넘보려는 것이다.

도무탄은 개방에 대해서 아는 것이 거의 없다. 단지 구대문파와 비슷한 수준이며 무림에서 가장 큰 세력을 보유하고 있다는 정도만 알고 있다.

그는 계속 걸어서 이윽고 어느 호숫가에 위치한 제법 큰 사당 앞에 이르렀다.

그곳이 개방 총타인 삼의묘인지 뭔지는 모르겠지만 그 집 앞에 꽤 많은 개방제자가 모여 있는 것을 보고 곧장 그들에게 다가갔다.

삼의묘 앞에 모여 있는 개방제자는 이십여 명이며, 맨 앞에 육십 대 이상의 노개(老丐)가 네 명 나란히 서 있고 뒤쪽에는

사십 대에서 오십 대까지의 중년 거지 십오륙 명이 옹위하듯
이 서 있었다.

개방 총타의 핵심으로 보이는 그들의 기세는 자못 등등했
으며, 양쪽에는 도합 이백여 명의 개방제자가 운집해 있었다.
하지만 도무탄은 전혀 개의치 않았다.

그는 성큼성큼 크게 걸어서 네 명의 노개 대여섯 걸음 앞에
멈추었다.

너무도 당당한 행동과 태산처럼 흔들림 없는 굳건한 표정
에 오히려 다수인 개방제자들이 압도당한 듯했다.

도무탄은 아까 주루에서 만났던 보걸이 이들에게 자신의
말을 제대로 전했음을 알았다. 그러니까 다들 나와서 기다리
고 있는 것이다.

이들이 어떤 결정을 내렸는지 어떤 생각으로 그를 기다리
고 있는지는 중요하지 않다.

중요한 것은 도무탄이 오늘 이 자리에서 개방에 대해서 끝
장을 보고야 말겠다는 결심을 했다는 사실이다.

그는 전면의 네 명의 노개를 차갑게 훑어보며 중얼거리듯
이 나직이 말문을 열었다.

"누가 방주인가?"

개방의 방주라면 무림에서도 최고의 배분이라고 할 수 있
다. 그런데 도무탄이 거침없이 말하는데 아무도 그의 무례함

에 대해서 꾸짖지 못했다.

상대가 천하오룡의 한 명인 등룡신권이며 이곳에 어떤 목적으로 왔는지 알기 때문이다.

"날세."

네 명 중에서 가운데 서 있는 풍채가 좋고 짧은 반백 수염을 기른 육십오륙 세 정도의 노개가 굳은 얼굴로 조용히 대답했다.

그는 비교적 깨끗한 갈의 장삼을 입었으며 개방의 신분을 나타내는 옷에 의결(衣結), 즉 기운 조각이 아홉 개 구결(九結)이다.

그렇다면 그가 용두방주(龍頭幫主)라고 불리는 개방 방주 신풍협개(迅風俠丏)가 분명하다.

또한 그는 오른손에 은은하게 비취색이 감도는 취옥(翠玉)의 지팡이를 쥐고 있다. 개방 방주의 신물(信物)인 취옥장(翠玉杖)이다.

도무탄은 방주를 응시하며 단도직입적으로 말했다.

"개방이 선택할 수 있는 두 개의 길이 있다."

도무탄은 방주가 누구라는 것을 알고서도 똑바로 주시하면서 거침없이 반말이다.

개방에 대한 감정이 꼬일 대로 꼬인 그의 입에서 고운 말이 나갈 리가 없다.

그렇지만 상대가 등룡신권인지라 그의 무례함에 아무도 나서지 않았다.

그게 아니면 방주의 명령 없이는 아무도 나서지 말라고 사전에 엄명이 있었을 것이다.

도무탄은 방주에게서 시선을 떼지 않고 주시하며 꿋꿋하게 할 말을 계속했다.

"하나의 길은 오늘 내가 이 자리에서 개방 총타를 피로 씻는 것이다."

그 말에 개방제자 전원이 술렁거렸다. 방주와 좌우의 세 노개, 즉 개방삼로(丐幇三老)는 얼굴이 확 굳어지고 찌푸려졌으며, 뒤쪽의 중년 거지들은 분노와 충격을 느끼고 몸이 움찔거렸다. 당장에라도 발작하려는 것을 간신히 참는 듯한 모습이다.

"저런 죽일 놈이 감히……."

그때 도무탄의 우측에서 누군가 울분에 찬 나직한 외침을 터뜨렸다.

도무탄이 우측을 힐끗 쳐다보자 오 장쯤 떨어진 곳에 백여 명의 개방제자가 넓게 포진해 있는데, 그중 한 명이 손을 뻗어 도무탄을 가리키면서 외치고 있었다.

"이 자식아! 여기가 어딘 줄 알고 네놈이 함부로 주둥이를 놀리느냐?"

키윳!

순간 도무탄이 그를 향해 오른 주먹을 뻗었으며, 새빨간 핏빛 광채가 번쩍 뿜어졌다.

퍽!

"헉!"

방금 고함을 지른 개방제자가 비명을 터뜨렸다. 하지만 도무탄이 발출한 핏빛 광채 권신탄은 그가 아니라 그의 바로 옆에 있는 아름드리나무에 적중됐다.

우지직!

권신탄은 개방제자의 얼굴과 같은 높이에 적중되었는데 나무는 그대로 분질러져서 땅에 떨어졌다. 성인 몸통의 두세 배가 되는 나무다.

만약 권신탄이 두어 뼘 정도만 왼쪽에 적중되었다면 방금 말했던 개방제자의 얼굴이 흔적도 없이 박살 나고 말았을 것이다.

도무탄의 출수를 보고 놀라지 않은 개방제자가 없다. 방주와 개방삼로가 놀라서 움찔하는데 다른 개방제자들이야 말할 것도 없다.

그들이 아는 무공 상식으로는 방금 도무탄이 전개한 것은 권풍인 것 같았다.

그런데 권풍을 발휘하여 무려 오 장 거리의 표적을 맞추고 또 아름드리나무를 단번에 부러뜨릴 정도의 고수는 무림을 통틀어 몇 명 되지 않는다.

개방 방주 신풍협개라고 해도 장풍은 발출할지언정 이 정도까지는 아니다.

도무탄은 방금 뭐라고 떠든 개방제자를 죽이지 않았지만 죽인 것보다 더 큰 효과를 불러일으켰다.

신풍협개와 개방삼로, 개방의 핵심 고수들은 등룡신권이 어째서 천하오룡의 한 명으로 승격되었는지 바로 눈앞에서 깨닫게 되었다.

그리고 그가 소림사에 단신으로 올라가서 살육을 벌이고 천불갱에 감금되었다가 유유히 살아서 나온 것이 결코 운이 아니라는 사실도 깨달았다.

개방제자들은 비로소 자신들의 코앞까지 닥친 개방 존폐의 위기를 실감하게 되었다.

그리고 눈앞에 서 있는 자가 사람이 아니라 염마왕 혹은 아수라로 보이기 시작했다.

그가 방금 그 개방제자를 죽이지 않은 이유는 간단하다. 그가 제시한 두 가지 길 중에서 아직 한 가지를 더 말해야 하기 때문이다.

"또 하나는 개방이 개과천선하는 길이다."

그는 개방을 다짜고짜 부수려고만 한 것이 아니라 나도 좋고 너도 좋은 방법을 궁리해 냈다.

"내가 죽기 살기로 싸우면 여기에 있는 개방제자를 모두 죽일 수 있을지 없을지 나도 모른다."

그는 처음의 표정 그대로 한 겹의 얼음을 얼굴에 깐 것처럼, 그리고 목소리는 더욱 싸늘하게 말을 이었다.

"그러나 개방이 첫 번째 길을 선택하면 나는 비록 싸우다가 죽는 한이 있더라도 끝까지 싸울 것이다."

모두들 머리 위에서 태산이 짓누르고 있는 것 같은 중압감을 느끼며 도무탄의 말을 들었다.

"두 번째는 개방이 지금 이 순간부터 소림사 그리고 팔대문파와 손을 완전히 끊는 것이다. 아니, 나에게 해가 되는 짓은 절대로 하지 않는 것이다."

말을 마친 도무탄은 허리를 쭉 펴고 똑바로 신풍협개를 쏘아보았다.

"선택해라."

침묵, 아니, 고요함이 흘렀다. 숨 쉬는 소리조차 들리지 않았고 그 어떤 소리도 깊은 늪 속에 가라앉은 것 같은 적막이 모두를 휘감았다.

도무탄은 입을 굳게 다물고 끈기 있게 기다렸다.

"음. 우리는……."

한참 만에 신풍협개가 주먹을 입에 대며 말문을 열었다.

"헛소리는 집어치우고 선택만 해라."

도무탄은 신풍협개의 말을 듣지도 않고 헛소리라고 일축해 버렸다.

"소림사가 무림의 암적 존재라는 사실은 다 알고 있다. 그렇다면 무림의 암에 협조하는 개방은 뭔가?"

개방도 귀가 있고 눈이 있으므로 작금 소림사의 만행에 대해서 잘 알고 있다.

아니, 개방은 무림 최대의 정보 수집 방파이므로 보통 무림인들이 모르고 있는 사실들까지 더 잘 알고 있을 터였다.

"소림사가 얼마나 정의로운 집단인지 나를 설득시켜 봐라. 그럼 이대로 돌아가겠다."

도무탄이 한 가닥 숨통을 터주는 듯했으나 실상 그것은 숨통이 아니다. 개방으로서는 소림사의 정의로움을 알고 있는 것이 없기 때문이다.

"사부님! 저자는 당금 무림에서 최고의 혈살성이고 무뢰한입니다!"

그때 신풍협개 바로 뒤에 서 있는 삼십 대 초반의 작달막하고 퉁퉁한 체구의 청년이 도무탄을 가리키면서 울분에 찬 고함을 터뜨렸다.

"그런데 애석하게도 저자의 말은 틀리지 않습니다! 소림사는 무림의 암이 분명합니다! 우리 개방제자들은 그 사실을 다 알고 있을 뿐만 아니라 소림사를 돕는 개방에 회의를 느끼고 있습니다!"

청년 거지는 신풍협개의 하나뿐인 제자로서 군림방개(君臨放丐)라는 독특한 별호를 갖고 있다.

소림삼로의 의결이 칠결(七結)인데 비해서 그의 의결은 팔결(八結)이다. 그것은 그가 방주의 적전제자임을 나타내는 것이다.

"저자 때문이 아니라 개방을 위해서 우리는 이제 뭔가 결단을 내려야 할 때라고 생각합니다!"

군림방개는 눈에 불을 켜고 도무탄을 가리켰다.

"이것은 절대로 저 후레자식이 두려워서 드리는 말씀이 아닙니다!"

도무탄은 군림방개의 거친 도발에도 반응하지 않고 가만히 있었다.

다분히 열혈적으로 보이는 젊은 개방제자가 개방이라는 폭약이 폭발하기 위한 심지 역할을 해주고 있기 때문이다.

그러므로 그 과정이 다소 기분 나쁘더라도 도무탄으로서는 충분히 참을 수 있는 일이다.

사실 도무탄은 군림방개의 정신이 똑바로 박혀 있으며 간접적으로 도움을 주고 있음을 잘 알고 있다.

만약 그가 이런 말을 하지 않고 신풍협개가 도무탄이 제시

한 두 번째 길을 선택한다면, 누가 보더라도 개방이 도무탄한 사람에게 굴복하는 것처럼 보일 수 있다.

그런데 소림사가 무림의 암이라고 군림방개가 입에 거품을 물고 열변을 토하는 덕분에 신풍협개가 어떤 결정을 내리더라도 최소한 치욕스러움은 면할 수 있게 되었다.

"음, 자네들 생각은 어떤가?"

이윽고 신풍협개가 자신의 사제들인 개방삼로를 보면서 진중하게 물었다.

도무탄은 신풍협개가 이런 식으로 상의를 하는 시간 따윈 주지 않으려고 했으나 조금 더 지켜보기로 했다.

지금은 개방이라는 두꺼운 옷을 한 꺼풀씩 벗겨내는 중요한 시간이기도 했다.

개방삼로는 묵묵히 고개를 끄떡였다. 아무도 입을 열지 않았으나 천근처럼 끄떡이는 고갯짓에 말하고 싶은 것을 다 담은 것 같았다.

신풍협개는 진중하면서도 착잡한 표정으로 도무탄을 쳐다보았다.

"개방은 소림사와 팔대문파에게 더 이상 협조하지 않겠다. 또한 자네에게 해를 끼치는 일도 하지 않겠다."

소림사와 팔대문파, 그리고 그 외 유수의 방, 문파들과 협조하면서 개방은 오늘날의 번성을 누려왔다.

하지만 이제 그들과 단절하게 되면 개방은 날개를 잃은 독수리 신세가 될 것이다.

하늘의 제왕인 독수리가 날개를 잃는다면 한낱 병아리만도 못하다.

신풍협개는 그것을 알면서도 그런 결정을 내렸다. 도무탄이 두렵기 때문이 아니다.

소림사가 무림의 암이고 소림사를 돕는 개방에 대해서 무림 전체가 손가락질을 하고 있으며, 더 중요한 것은 개방제자들이 동요하고 있기 때문이다.

도무탄은 참으로 시기적절하게 개방이 새로운 선택을 해야만 하는 시기에 이런 제안을 한 것이다.

도무탄은 신풍협개에게 방금 한 말이 정말이냐고 확인하지는 않았다.

신풍협개라는 인물에 대해서는 아무것도 모르지만 그가 수많은 개방제자 앞에서 허언을 하지는 않을 것이라고 생각했다.

도무탄은 죽을 것을 각오하고 개방을 쓸어버리려고 왔는데 몇 마디 말로 잘 해결이 됐다.

"그럼 가보겠소."

소기의 목적을 이룬 그는 고개를 끄떡이고는 몸을 돌렸다. 이대로 가더라도 나머지는 개방이 잘 알아서 할 것이라고 믿었다.

"이봐! 올 때는 마음대로 왔을지 모르지만 갈 때는 마음대로 안 되는 곳이 개방이야."

그때 걸걸한 목소리가 들렸다. 이런 특이한 목소리를 내는 사람은 군림방개뿐이다.

평범한 사람이었다면 군림방개의 외침에 안색이 변하고 발끈하겠지만 도무탄은 느긋했다.

"술이라도 한잔 낼 텐가?"

"어… 어?"

앞쪽으로 걸어 나오던 군림방개는 도무탄의 반응에 복부를 한 대 얻어맞은 것처럼 움찔하더니 고개를 젖히고 우렁차게 웃음을 터뜨렸다.

"푸핫핫핫! 이제 보니 등룡신권은 영웅호걸이었군!"

개방삼로 중 한 명이 툴툴거렸다.

"쯧쯧… 저 녀석은 누가 술 한잔하자고만 하면 다 영웅호걸이라고 치켜세우는군?"

사실 군림방개가 도무탄더러 '갈 때는 마음대로 안 된다'라고 했던 말뜻은, 그래도 누추한 개방 총타까지 와서 큰일을 성사시켰으니까 쓰디쓴 박주(薄酒)라도 한잔하고 가라는 뜻이었다.

군림방개는 술을 마셔보면 그 사람에 대해서 잘 알게 된다는 지론을 갖고 있다.

그런데 도무탄이 그 말뜻을 단번에 알아듣고 화답을 했으니 군림방개가 어찌 놀라지 않겠는가.

사숙의 지적에 군림방개는 머리를 긁적이며 웃었다.

"헤헤헤! 자고로 술이 남자를 만드는 법입니다."

삼의묘는 그 옛날 의형제로 도원결의(桃園結義)를 맺었던 유비(劉備)와 장비(張飛), 관우(關羽)를 모시는 사당이다.

사당은 겉보기에도 규모가 꽤 크지만 안으로 들어가면 훨씬 더 크고 세분화되어 있어서 방이 십여 개나 되고 널찍한 마당에 뒤뜰도 있다.

이 삼의묘가 개방 총타로 사용되고 있으며, 주변 백여 장 이내에 널려 있는 토지묘나 관제묘 등을 개방제자들이 거처로 사용하고 있다.

삼의묘 뒤뜰에는 유비 등 삼 형제가 의형제를 맺은 '도원결의문' 문구가 커다란 돌에 새겨져 있다.

그리고 그 뒤쪽에는 복숭아밭, 즉 도원(桃園)이 있는데 유비 등이 도원결의를 맺었던 도원을 흉내를 낸 것이다.

그 한가운데 아담한 공간에 바닥에는 평평한 돌들이 짜임새 있게 깔려 있으며 복판에 둥글고 커다란 석탁에 술상이 차려졌다.

개방의 거지들이 먹는 것이라고는 볼 수 없을 정도로 깔끔한 요리와 술이다.

개방제자가 급하게 근처의 주루에 달려가서 술과 요리를 사 온 것이다.

석탁에는 도무탄과 군림방개, 신풍협개, 그리고 개방삼로가 둘러앉았다.

도무탄은 태연자약하고 군림방개는 뭐가 좋은지 벙글거리는데, 신풍협개와 개방삼로는 씁쓸한 표정들이다.

아니, 그보다는 이 자리가 불편한 것 같았다. 아무리 좋게 보려고 해도 새파란 젊은이 한 명에게 신풍협개와 개방삼로를 비롯한 개방 전체가 무너졌다는 인상을 지울 수가 없기 때문이다.

군림방개가 모두의 잔에 술을 넘치도록 따르고 사부 신풍협개를 쳐다보았다.

"사부님, 한 말씀 하시겠습니까?"

도무탄이 손을 뻗었다.

"그전에 내가 할 말이 있다."

모두들 움찔했다. 얘기는 좋게 다 끝났는데 이놈이 또 무슨 트집을 잡으려는 건가? 하는 표정들이다.

도무탄은 자리에서 일어나 신풍협개에게 정중히 포권을 하며 고개를 숙였다.

"아까 방주께 무례하게 굴어서 죄송합니다. 용서하십시오."

"어……."

신풍협개는 물론 다들 뜨악한 표정으로 엉거주춤 반쯤 자리에서 일어나 도무탄을 쳐다보았다.

그들은 설마 도무탄이 사과를 할 것이라고는 눈곱만큼도 예상하지 못했었다.

혈혈단신 개방을 쓸어버리겠다고 기세등등하던 살인마 등룡신권이었다.

그래서 그가 신풍협개에게 함부로 말을 해도 아무도 나서지 못하고 속으로 끙끙 앓기만 했었다.

그런데 뜻밖에 도무탄이 이미 지나간 일에 대해서 사과하고 또 용서를 구하고 있는 것이다.

육십칠 세의 신풍협개는 이제 겨우 약관의 나이로 보이는 도무탄의 말과 행동에 적잖이 감격해서 마치 누군가에게 힘껏 꽉 움켜잡혀 있던 심장이 한순간 탁 놓인 것 같은 해방감과 편안함을 느꼈다.

그렇지만 신풍협개는 이대로 도무탄을 용서해 주는 것이 마음에 들지 않았다.

아끼 속을 끓였던 것을 생각하면 자신이 당한 만큼은 아니지만 조금이라도 복수를 하고 싶었다.

"음, 아까의 모멸감은 정말 견디기 힘들 정도였네."

"죄송합니다."

도무탄은 포권을 풀지 않고 다시 사과했다.

신풍협개는 고소함을 느끼면서 조금 더 강하게 나갔다.

"그게 몇 마디 말로 풀어질 것 같은가?"

쿵!

"몇 마디 말로 안 된다면 주먹이면 되겠습니까?"

도무탄이 주먹으로 가볍게 석탁을 내려치며 냉랭하게 내뱉자 신풍협개는 멋쩍게 웃으며 손을 저었다.

"그냥 술 한잔하면서 풀지, 뭐."

이각여 동안 몇 순배의 술잔이 돌아갔지만 분위기는 여전히 서먹서먹했다.

군림방개는 분위기를 띄우려고 계속 과장된 몸짓과 웃음을 터뜨렸지만 아무도 응대를 하지 않았다.

연배가 확연히 다른 신풍협개와 개방삼로는 군림방개가 하는 말과 행동이 우습기는커녕 안쓰럽기만 했다.

그리고 도무탄은 원래 분위기를 띄운다거나 누군가의 우스갯소리에 마주 응대를 하지 못하는 성격이라서 잠자코 술만 마셨다.

"방개야, 이제 그만해라."

결국 보다 못한 개방삼로 중 한 명이 씁쓸한 얼굴로 손을 저었다.

도무탄은 술잔을 들다가 군림방개를 쳐다보았다.

"자네 이름이 방개인가?"

"아니, 군림방개야."

도무탄은 턱을 주억거렸다.

"흠. 그걸 줄여서 방개라고 하는군, 자네하고 잘 어울린다."

그러더니 그는 고개를 뒤로 젖히고 박장대소를 했다.

"푸핫핫핫핫! 방개라고! 핫핫핫!"

군림방개는 이맛살을 찌푸리며 투덜거렸다.

"웃으라는 대목에서는 안 웃더니 남의 별호 갖고 비웃는 건 너무 하는 거 아닌가?"

"하하하하! 미안하다! 방개야! 으핫핫핫!"

그가 석탁을 두드리며 웃으니까 신풍협개와 개방삼로는 비죽이 미소를 지었다. 좌중에 웃음꽃이 피니까 군림방개는 기분이 좋았다.

그때 삼의묘 방향에서 어지러운 발걸음 소리가 나더니 갑자기 여러 명이 우르르 장내에 나타났다.

"여보!"

"탄 랑!"

가장 앞서 들어온 독고지연과 독고은한이 도무탄을 발견하고 울음을 터뜨리면서 나비처럼 달려와 그에게 매달리듯이 안겼다.

그녀들과 함께 장내에 나타난 사람들은 독고기상과 독고용강, 독고예상, 그리고 부친 독고우현과 무영검가의 장로인 무영칠숙이다.

도무탄은 벌떡 일어나 석탁 옆으로 나와서 독고우현에게 공손히 포권을 하며 허리를 굽혔다.

"아버님."

"자네……."

덥석!

독고우현은 잰걸음으로 다가와서 두 손으로 도무탄의 두 손을 그러잡고 아무 말도 하지 않았다. 그저 뜨거운 눈빛으로 그를 보며 고개를 끄떡였다.

독고우현이 아무 말을 하지 않아도 도무탄은 그 마음을 알 수 있을 것 같았다.

"숙부님들."

도무탄은 한달음에 달려온 무영칠숙에게도 감사의 표정으로 고개를 숙였다.

무영칠숙은 괜찮다는 듯 고개를 끄떡여주었다.

독고우현 등은 영정문 밖 주루에서 도무탄을 발견한 무영검수에게서 조금 전에 보고를 받았었다.

도무탄이 개방 총타를 쓸어버리겠다고 말했다는 청천벽력 같은 보고였다.

독고지연은 도무탄이 그런 행동을 하는 것이 자신 때문이라고 자책을 했다.

어제 도무탄이 독고은한에 대해서 모두에게 고백했을 때 독고지연은 울면서 밖으로 뛰어나갔었다.

주위 사람들의 말에 의하면 도무탄은 그것 때문에 충격을 받고 또 몹시 괴로워하면서 그녀를 찾으려고 성내를 이 잡듯이 뒤졌다는 것이다.

그러다가 끝내 그녀를 찾지 못하게 되니까 자포자기하는 심정이 돼서 혼자 개방 총타를 공격하려는 무모한 행동을 한 것이 아닌가 하는 것이 독고지연의 추측이다.

독고지연은, 아니, 독고은한마저도 도무탄이 절망감에 빠져서 제멋대로 행동하는 것이라고 오해를 했었다.

독고우현은 사태의 심각함을 느끼고 동원할 수 있는 무영 검수를 모두 이끌고 이곳까지 단숨에 달려왔다.

그는 매사에 진중하고 냉철한 이성을 지닌 사람이지만 도무탄은 두 딸 독고지연과 독고은한의 남편이 될지도 모르는 사람이다.

아니, 어젯밤 늦게 독고지연이 제 발로 돌아온 후에 독고가의 사람들은 머리를 맞대고 그 문제에 대해서 오랜 시간 숙의를 했다. 그 결과 만장일치로 도무탄을 사위로 받아들이기로 결정을 내렸었다.

독고가에서는 고래(古來)로 이러한 일, 즉 자매가 동시에 한 명의 남편을 섬기는 경우가 전무했었지만 사태가 이쯤 되었으니 달라 방법이 없었다.

더구나 독고지연과 독고은한이 목숨을 바칠 정도로 도무탄을 사랑하고 있으며, 앞으로 둘이 절대로 싸우지 않고 사이 좋게 도무탄을 모시겠다고 입을 모아 맹세를 하기 때문에 아버지로서는 두 딸의 행복과 미래를 짓밟을 수 없는 일이었다.

도무탄은 사위로서도 중요하지만, 무영검가를 새롭게 부흥시켜 주고 나아가서는 무림의 암 소림사에 대적하기 위해서도 반드시 필요한 사람이다.

독고우현은 만약 도무탄에게 무슨 변고가 발생했다면 맹세코 개방 총타를 시체로 뒤덮을 각오로 달려온 것이다.

그런데 도무탄이 신풍협개, 개방삼로하고 마주 앉아서 술을 마시고 있는 것을 보고 이게 과연 어떻게 된 일인지 감이 잡히지 않았다.

신풍협개는 무영검가 사람들이 들이닥친 것에 대해서 전말을 능히 짐작했지만 짐짓 태연히 독고우현과 무영칠숙에게 포권을 해 보였다.

"오랜만이오. 독고 가주, 칠숙 노우(老友)."

독고우현은 겸연쩍은 미소를 지었다.

"불쑥 찾아와서 미안하오."

"그건 괜찮은데 설마 가주께선 무영검가 사람들을 다 데리고 온 것은 아니겠지요?"

"음, 그게……."

무영검가 사람들을 모조리 이끌고 온 것은 물론이고 여차하면 사생결단 싸우려는 각오였던 독고우현은 대답을 못하고 어색한 표정을 지었다.

신풍협개는 도무탄에게 당했던 것을 이 기회에 독고우현에게 앙갚음해야겠다고 마음먹었다.

"정말 그렇다면 무영검가가 본 방을 치기라도 하겠다는 뜻이었소?"

"방주, 내 자세히 설명하리다."

신풍협개는 주먹으로 손바닥을 쳤다.

"설명은 필요 없고 대답이나 하시오. 정말 본 방을 칠 생각이었소?"

독고우현은 그럴 각오로 왔지만 도무탄이 무사한 걸 봤는데 어떻게 솔직히 말할 수 있겠는가.

뚜뚝… 뚝…….

"아버님, 제가 처리하겠습니다."

그때보다 못한 도무탄이 손가락 마디를 꺾으면서 나서자 신풍협개는 즉시 꼬리를 내리고 독고우현의 손을 잡아 자리에 앉혔다.

"가주, 우리 오랜만에 만났으니 술이나 들며 회포를 푸는 게 어떻겠소? 으허헛!"

第五十六章

맹도군(盟徒群)

등롱기

석탁에 둘러앉은 사람들은 도무탄 한 사람을 제외하고 모두 놀랍고도 새로운 사실을 알게 되었다.

무영검가 사람들은 도무탄이 개방을 개과천선하게 만들었다는 사실을 알게 되었다.

그리고 개방제자들은 무영검가가 무림 동쪽의 맹주가 될 계획을 세웠다는 사실을 듣게 되었다.

개방이 소림사 등과 손을 끊겠다는 결심과 무영검가가 무림 동쪽의 맹주가 되려 한다는 계획은 각각으로 봤을 때는 무모할 수도 있다.

하지만 무영검가와 개방이 서로 협력한다면 이것이야말로 상승효과(相乘效果)을 얻게 될 절호의 기회다.

개방으로써는 소림사 등과 인연을 끊으면 걱정이 한두 가지가 아니고 앞길이 막막한 일이다.

무영검가로서도 북경성 한복판에 소림사의 눈과 귀나 다름이 없는 개방 총타를 버젓이 놔둔 상태에서 무림 동쪽의 맹주가 된다는 계획은 기름 옆에서 불장난을 하는 것처럼 위험천만하다.

"정말 잘됐소! 독고 가주! 앞으로 많이 이끌어주시오!"

신풍협개가 일어나 포권을 하며 진심 어린 표정으로 말하자 독고우현도 벌떡 일어나 마주 포권을 했다.

"본 가의 계획은 개방의 협조 없이는 불가능하므로 오히려 내가 방주께 부탁드려야 하오."

"으헛헛! 그럼 서로 잘 상부상조합시다."

"허허헛! 그럽시다!"

주석의 분위기는 더 이상 화기애애할 수 없을 정도다. 그저 반가운 사람끼리 만나 인사치레를 하는 것이 아니라, 두 문파와 방파의 존망과 미래가 걸린 일의 첫 단추가 제대로 끼워졌으니 이보다 좋을 수 없는 것이다.

그런데 군림방개는 아까부터 한마디도 하지 않고 도무탄 양옆에 앉아 있는 독고지연과 독고은한만 흘끔거리고 있는 중이다.

 독고지연과 독고은한은 도무탄이 멀리 떠났거나 아니면 변고라도 당하지 않았을까 조마조마하다가 다시 만났기 때문에 너무 반가워서 그에게 찰싹 달라붙어 만지고 쓰다듬으며 떨어질 생각을 하지 않았다.

 군림방개는 머리털 나고 독고지연과 독고은한처럼 아름다운 여자를 지금 처음 보았다.

 그는 천하이미 혹은 무림쌍화라고 불리는 천상옥화 독고지연의 미명에 대해서는 귀가 따가울 정도로 들었지만 한 번도 본 적이 없었다.

 볼 기회가 없었으며 독고지연이나 독고은한이 함부로 진면목을 드러내는 여자도 아니었다.

 지금 그는 천하에서 가장 아름다운 여자, 아니, 피조물(被造物)을 멍한 얼굴로 쳐다보면서 머리의 기능이 일시간 정지해 버린 것 같았다.

 자신이 누구인지 여기에는 무엇 때문에 앉아 있는 것인지도 망각했다.

 독고지연과 독고은한은 늘씬하고도 풍만한 몸을 도무탄에게 안기듯이 밀착시키고 그의 술 시중을 들고 있는데 자꾸만 군림방개가 눈에 거슬렸다.

 눈에 초점을 잃고 입에서는 침을 질질 흘리면서 자신들을 쳐다보고 있기 때문이다.

사실은 군림방개만이 아니라 신풍협개와 개방삼로마저도 두 절색미녀에게 정신이 팔리기는 마찬가지다.

개방제자는 평생 혼인하지 않고 독신으로 살아야 하며, 여색을 멀리하라고 방규로 엄격하게 정해져 있다.

그렇기 때문에 방주에서부터 최 말단 백의개(白衣丐)에 이르기까지 평소에 여자를 무심하게 보고 대하는 훈련이 잘되어 있는 편이다.

그런데도 신풍협개와 개방삼로는 자꾸만 두 절색미녀에게 시선이 가는 것을 어쩌지 못했다.

이렇게 지저분하고 구질구질한 곳에 천하제일의 절색미녀가 한꺼번에 두 명씩이나 찾아온 일은 개방이 생긴 이래 최초일 것이다.

"탄 랑⋯⋯."

도무탄이 술 한 잔을 마시자 독고지연이 젓가락으로 요리를 집어서 기다리고 있다가 얼른 그의 입에 넣어주고 나서 조심스럽게 입을 열었다.

"천첩을 용서해 주시는 거죠?"

도무탄은 잘못한 사람은 자신인데 외려 그녀가 용서를 구하자 미안함에 가슴이 저렸다.

"연아, 내가 죽을죄를 졌다."

"그런 말씀 마세요."

그녀는 섬섬옥수로 도무탄의 가슴을 쓰다듬으면서 그의 귀에 입술을 붙일 듯이 속삭였다.

"이렇게 잘난 사내를 천첩 혼자서 독차지하려는 것이 욕심이었어요."

"연아……."

"그렇지만 천첩이 좋아하는 언니하고 탄 랑을 나누는 것이니까 괜찮아요. 천첩은 앞으로 언니하고 둘이 탄 랑을 성심껏 모실 거예요."

도무탄은 이 자리에 여러 사람이 있기에 심한 표현을 할 수 없어서 그냥 그녀를 힘주어서 가만히 안아주었다.

독고은한은 수정처럼 맑고 아름다운 두 눈에서 눈물을 방울방울 흘렸다.

"고마워, 연아."

개방삼로 중에 한 명이 어리둥절한 표정으로 독고지연과 독고은한을 가리키며 물었다.

"자매가 등룡신권 한 사람을 남편으로 섬기는 것이오?"

"네."

독고지연과 독고은한은 예쁜 입술을 오므리고 합창을 하듯이 대답했다.

"하아……."

신풍협개와 개방삼로는 여자하고는 무관한 인생을 살아왔지만 이 순간만큼은 진심으로 도무탄이 부럽다는 생각이 드는 것을 어쩌지 못했다.

"뭐, 뭐요? 그게 사실이오?"

그런데 뒤늦게 그 말의 의미를 깨달은 군림방개가 화들짝 놀라며 버럭 소리를 질렀다.

"그래요. 그게 뭐 어떤가요?"

"아… 아니오."

독고지연이 똑바로 주시하면서 대답하자 군림방개는 화들짝 놀라서 급히 그녀의 시선을 외면했다.

잠시만 쳐다보고 있어도 눈이 멀어버릴 것 같아서 감히 똑바로 쳐다볼 수가 없는 것이다.

그러나 그는 고개를 숙이고 주먹을 움켜쥔 채 혼잣말로 구시렁거렸다.

"순… 날강도 같은 놈."

도무탄 일행은 자리를 무영검가로 옮겨서 계속 대화를 나누기로 했다.

그가 일행과 함께 도원을 나와서 삼의묘 앞으로 나오자 그곳에는 수백 명의 무영검수가 대기하고 있었다. 그리고 대열의 전면에 서 있는 몇 명이 반색을 하며 도무탄에게 뛰어왔다.

"대형!"

그들은 궁효와 해룡야사, 소화랑인데 도무탄을 보고는 크게 안도하는 표정을 지었다.

이곳의 무영검수들과 개방제자들은 두 패로 나뉘어서 서로 팽팽하게 대치하고 있었다.

도원에서 무영검가와 개방의 우두머리들이 무슨 대화를 나누는지는 모르지만, 그 결과에 따라서 두 패가 싸울 수도 있다는 생각을 하면서 눈에 보이지 않는 신경전을 벌이며 실로 일촉즉발의 상황이었다.

개방삼로가 손을 흔들어서 어떤 신호를 보내자 개방제자들은 썰물처럼 물러나는가 싶더니 잠시 후에는 한 명도 보이지 않았다.

도무탄은 개방제자들의 수가 예상보다 많다는 것과 그들의 행동이 기민한 것을 보고 개방이 만만한 존재가 아니었다는 사실을 새삼 깨달았다.

그는 자신이 신풍협개와 개방삼로, 군림방개 등과 도원에 들어가는 것으로 얘기가 다 끝난 줄 알고 있었다.

그런데 지금 생각해 보니까 그건 섣부른 희망이었다. 도원에서 대화가 잘못될 수도 있기 때문에 개방제자들은 밖에서 만약의 사태에 대비하고 있었던 것이다.

도무탄은 무영검가 사람들과 함께 무영검가로 돌아왔다.

하지만 신풍협개 등에게는 나중에 따로 은밀하게 무영검가에 오되 그것도 뒷문을 이용하라고 시켰다.

사람들은 도무탄이 어째서 그렇게 번거로운 일을 하는 것인지 궁금했다.

"무영검가와 개방이 손을 잡았다는 사실을 아직은 비밀로 해두는 게 좋을 것 같습니다."

다들 도무탄의 말이 이해가 되는 것은 아니지만, 그에게 뭔가 생각이 있는 것이라 짐작했다.

그리고 그렇게 하는 것도 한편으로는 좋은 방법일지도 모른다는 생각을 했다.

도무탄 일행보다 한 시진 늦게 무영검가에, 그의 말대로 은밀하게 온 신풍협개와 개방삼로, 그리고 군림방개는 아침부터 밤이 늦도록 작금에 직면한 현안에 대해서 진지한 대화를 나누었다.

그들과의 대화에서 도무탄과 무영검가 사람들은 몇 가지 매우 중요한 사실을 새롭게 알게 되었다.

제일 중요한 사실은 소림사를 비롯한 구대문파들이 각 지방 유수의 방, 문파들에게 맹조비(盟調費)라는 명목으로 매월 돈을 거둬들이고 있었다는 사실이다.

지금으로부터 칠십여 년 전부터 시행해 오고 있다는데, 소림사를 예를 들면, 소림사가 있는 하남성 내에 소림사가 지목한 수십 개의 방파, 문파가 매월 적게는 은자 백만 냥에서 많게는 삼백만 냥까지 소림사에 맹조비를 상납해 왔다는 것이다.

맹조비는 이름 그대로 '맹'을 꾸려 나가기 위한 비용이다. 소림사는 자신들은 불문이라서 맹을 운영하는 막대한 비용을 충당할 수 없으므로, 그것을 한 성(省) 각 지역의 패자들에게 분담을 시켰다는 것이다.

말하자면 각 성(城)이나 현(縣)에 하나씩의 패자를 두어 그들로 그 지역을 지배하게 하고 소림사는 뒤를 봐주면서 대가로 맹조비를 챙긴 것이다. 하남성만 해도 성과 현을 다 합치면 백여 개가 넘는다.

그런 식으로 무당파는 호북성에서, 화산파는 섬서성, 아미파는 사천성에서 유수의 방파와 문파들로부터 매월 맹조비를 받았다고 한다.

그런 식이라면 소림사를 비롯한 구대문파는 아홉 개 성의 아홉 개 맹인 셈이다.

그리고 그들의 최고 우두머리가 소림사인데 그들만의 명칭으로는 맹두(盟頭)라고 한단다.

소림사를 비롯한 구대문파가 무림이 진정 원하는 무림맹의 역할을 한 예는 별로 없었다고 한다.

아니, 오히려 무림인들이 원하지 않는 짓을 도처에서 많이 해서 손가락질을 받아왔다. 그것은 이미 천하가 다 알고 있는 사실이다.

소림사와 팔대문파는 자신들에게 매월 맹조비를 또박또박 상납하는 방파와 문파들을 편들어주는 것으로 맹조비를 받은 대가를 치렀다는 얘기다.

즉, 일개의 성에서 맹조비를 내는 수십 개의 문파 중 하나를 갑(甲)이라 하고, 그 갑이 눈엣가시처럼 여기거나 분쟁 중인 방파를 을(乙)이라고 하자. 물론 을은 맹조비를 내지 않는 방, 문파다.

갑이 제대로 그 지역을 지배하기 위해서는 무슨 수를 써서라도 을을 복종시키든가 멸문시켜야 한다. 그런데 갑에게는 그럴 만한 능력이 되지 않거나 주위의 원성이 걱정되면 그 지역의 맹주인 소림사나 팔대문파가 나서서 깨끗이 정리를 해준다는 것이다.

맹조비의 액수가 얼마든 불문이나 도가의 문파가 각 성 유수의 방, 문파들로부터 매월 일정액의 돈을 상납받아왔다는 사실은 큰 충격이다.

소림사와 팔대문파에 맹조비를 상납하는 각 성 수십 개의 방, 문파는 맹의 전폭적인 지지를 받기 때문에 성내에서는 무소불위의 능력을 발휘해 왔다.

한 가지 신기한 일은, 그런 중대한 사실이 어떻게 칠십여 년 동안 비밀로 지켜져 왔는지 모를 일이다.

두 번째 충격적인 사실은 제마록(制魔錄)이라는 책자가 존재한다는 사실이다.

무림에 해악이 될 만한 방파나 문파, 인물, 무공 등을 선정하여 책자에 기록하는데 그것이 곧 제마록이다.

그것들은 일부터 십까지의 순번으로 제마록에 등재되어 있다. '일'은 최우선으로 제압해야 하는 표적이고, 십은 최하등(最下等)이라서 눈에 띄면 제압해도 된다는 식이다.

제마록에는 정파나 사파, 마도를 통틀어서 제거 대상들이 총망라되어 있다.

그것을 작성하는 것은 각 지방의 맹주인 소림사와 팔대문파들이지만, 제마록을 원활하게 작성할 수 있도록 정보를 제공하는 것은 맹도군(盟徒群)이라고 지칭되는 각 성 유수의 방, 문파들이다.

참고로 도무탄은 제마록에서 가장 우선 제거해야 할 표적으로 '급일(急一)'이라고 기록되어 있다고 한다.

그리고 무영검가 역시 가장 먼저 제거해야 할 대상인 '급일'이며 근래에 등재되었다는 것이다.

"그게 정말이오?"

독고우현은 방금 신풍협개가 한 말에 크게 놀랐다.

"정말이오. 다시 말하지만 하북성에는 도합 삼십팔 개가, 그리고 북경성에도 네 개의 맹도군이 있소."

신풍협개는 진중한 얼굴로 고개를 끄떡였다.

"맙소사……."

긴 탁자에는 술과 요리가 차려져 있다. 도무탄과 무영검가 사람들이 이쪽에, 그리고 개방사람들이 맞은편에 앉아 있으며, 신풍협개와 개방삼로를 제외한 모든 사람이 크게 놀라는 모습이다.

구대문파의 본산(本山)이 위치해 있는 성에만 맹도군이 있는 줄 알았는데, 구대문파하고는 거리가 먼 하북성에도 맹도군이, 그것도 삼십팔 개씩이나 있다는 사실에 놀라지 않을 수가 없다.

심지어 군림방개마저 놀라는데 그는 개방 방주의 적전제자이면서도 그런 사실을 모르고 있었던 것이다. 그 정도로 비밀스러운 일이었다는 것이다.

독고우현은 절레절레 고개를 흔들고 나서 적잖이 긴장한 얼굴로 물었다.

"이곳 북경성에 있는 맹도군은 어디 어디요?"

그런데 신풍협개의 입에서 나온 말은 조금 전에 했던 말보다 훨씬 충격적이다.

"하북성 내의 삼십팔 개 맹도군을 총괄하는 우두머리가 뇌전팽가외다."

독고우현을 비롯한 모두의 얼굴에는 경악이 가득 떠오르고 몸은 돌부처가 되어 움직임이 정지했다.

뇌전팽가라면 무림오가의 하나이며 무영검가와 함께 북경성을 사이좋게 지배하고 있는 양대 산맥이다. 더구나 무영검가와 뇌전팽가는 형제처럼 막역한 사이기도 해서 모두의 충격이 극에 달했다.

독고우현 등 독고가 사람들의 얼굴에는 불신의 표정이 역력하게 떠올랐다.

"뇌전팽가가 맹도군이었다니……."

이따금 뇌전팽가의 가주와 만나면 소림사와 팔대문파의 만행에 대해서 주먹을 휘두르며 분통을 터뜨렸던 독고우현이었다.

그리고 뇌전팽가의 가주 팽기둔은 한술 더 떠서 구대문파를 성토했었는데 뇌전팽가가 맹도군이었다니 도저히 믿을 수 없는 일이다.

"음! 정말 믿기 어려운 일이로군."

"그렇지만 사실이오."

신풍협개가 한 번 더 확인을 해주었다. 개방 방주인 그가 그런 사실을 모를 리가 없다. 그가 뇌전팽가를 해치려고 거짓말을 하는 것이라면 모를까 그게 아니면 분명한 사실일 것이다.

뇌전팽가의 사람들은 무영검가를 자기 집처럼 마음대로 드나들 정도로 서로 친하다. 반대로 무영검가 사람들에게도 뇌전팽가의 문턱은 매우 낮았다.

그리고 아주 중요한 정보까지도 두 문파가 서로 공유하고 있으니 다른 것들은 더 말할 필요가 없다.

이것은 엄청난 사실이다. 그렇다면 지금 당장에라도 무영검가는 하나에서부터 열까지 모든 것을 새로 손봐야 하고, 뇌전팽가에 대한 대처법을 세워야 할 것이다.

하지만 그게 몇 마디 말처럼 쉬운 일은 아니다. 뇌전팽가가 무영검가에 대해서 거의 모든 것을 알고 있으므로, 무영검가를 아예 완전히 해체했다가 다시 발족해야 할 정도로 어려운 일이다.

"하북성 삼십팔 개 맹도군의 우두머리, 즉 맹도군주(盟徒群主)는 뇌전팽가의 가주 팽기둔이 맡고 있으며 소림사가 관할하고 있소."

모두들 충격을 받고 있는데 신풍협개는 개의치 않고 설명을 계속했다.

"뇌전팽가는 소림사와 팔대문파가 인정하는 하북성 유일의 패자이며 하북성 내 오백여 개의 방, 문파 중에 육 할이 뇌전팽가를 따르고 있소."

"음……."

독고우현을 비롯한 무영검가 사람들은 하북성 내에 문하 제자나 수하를 백 명 이상 보유한 방, 문파가 오백여 개쯤 존재하고 있다는 것까지는 알고 있었다.

하지만 그중 육 할, 즉 삼백여 방, 문파가 뇌전팽가를 따른 다는 사실은 방금 처음 들었다.

독고우현은 그중에서 무영검가를 따르는 방, 문파는 얼마 나 되는지 궁금해서 물어보려다가 그만두었다. 무영검가는 그런 일에 노력을 기울였던 적이 없으므로 따르는 방, 문파가 있을 리 만무하다.

그러나 그런 독고우현의 속마음을 안다는 듯 신풍협개의 설명이 이어졌다.

"무영검가를 따르는 방, 문파는 삼 할 백오십여 개요."

"그렇게나……."

기껏해야 북경성 내의 대여섯 방, 문파 정도가 무영검가를 따를 것이라 짐작하고 씁쓸한 표정을 짓고 있던 독고우현과 무영칠숙은 깜짝 놀랐다.

뇌전팽가를 따르는 방, 문파는 육 할이고 무영검가는 절반인 삼 할이다.

"뇌전팽가는 여러 회유책을 쓰거나 압박을 가해서 하북성의 방, 문파들이 자신들을 따르게 만들고 있소."

"회유책과 압박을 가했다는 말이오?"

전혀 뜻밖의 사실에 독고우현은 적잖이 놀랐다.

"그렇소. 수십 년 동안 암중에서 노력한 결과요."

"수십 년 동안……."

독고우현은 이해할 수 없다는 표정을 지었다.

"뇌전팽가가 그렇게 오랫동안 그런 짓을 한 사실을 내가 몰랐다는 것이 이상하오."

"그럴 수밖에 없었을 것이오."

"무슨 뜻이오?"

"뇌전팽가에서는 표적으로 삼은 방, 문파의 수장(首長)에게만 회유책 혹은 강경책을 사용했으며, 끝내 거절당했을 경우에는 수단 방법을 가리지 않고 수장을 죽여 버렸기 때문에 그런 일은 비밀에 묻혀 버렸소."

"아……."

그 사실을 알고 있는 사람은 수장 한 명뿐인데 그를 죽임으로써 살인멸구(殺人滅口)를 시켰다는 것이다.

독고우현과 무영칠숙은 지난 수십 년 동안 하북성 내에서 삼십여 개의 방, 문파 수장들이 의문의 죽음을 당했던 사실을 기억해 내고 안색이 변했다.

이제 보니 그들은 뇌전팽가의 회유를 거절했다가 그들에 의해서 죽음을 당한 것이 분명하다.

지금껏 침묵을 지키고 있던 장남 독고용강이 고개를 흔들면서 이해할 수 없다는 듯 중얼거리는 목소리로 신풍협개에게 물었다.

"방주, 오늘 아침에 추살대 일개 소대가 본 가에 찾아와서 무탄을 내놓으라고 협박한 일이 있었습니다."

신풍협개는 다 알고 있다는 듯 고개를 끄떡였다.

"알고 있네. 강원소대는 이곳에서 쫓겨난 직후에 도움을 받으려고 뇌전팽가를 찾아갔었지."

"저희가 알아본 바로는 그렇습니다. 그런데 뇌전팽가가 소림사의 맹도군주라면 어째서 강원소대의 요청을 거절한 것입니까?"

강원소대는 뇌전팽가에게 무영검가를 치도록 협조를 요청했었으나 일언지하에 거절당했었다.

이후 북경성 내의 방, 문파를 돌아다니면서 같은 요청을 했으나 모두 거절당하는 일이 벌어졌었다. 독고용강은 그 점을 이해하지 못했다.

뇌전팽가가 맹도군주라면 당연히 발 벗고 나서야 하는데 어째서 거절을 했다는 말인가.

묻기는 독고용강이 물었지만 그 점에 대해서는 모두들 궁금하게 여기고 있던 터였다.

신풍협개는 비죽이 미소 지었다.

"강원소대의 소대주 강원은 뇌전팽가가 맹도군주라는 사실을 모르고 있네. 아니, 맹도군이라는 것이 존재한다는 자체를 모르네."

"아……."

다들 비로소 이해를 하고 고개를 끄떡였다. 추살대마저도 모르고 있을 정도로 맹도군이라는 것이 비밀에 가려져 있다는 것이다.

독고우현은 또 다른 의문이 생겼다.

"그렇다면… 뇌전팽가는 어째서 그동안 본 가를 내버려 둔 것이오?"

뇌전팽가의 막강한 세력과 그들이 거느리고 있는 삼백여 방, 문파 정도라면 합세해서 무영검가를 일거에 쓰러뜨리고도 남음이 있었을 것이니 당연한 의문이다. 만약 입장을 바꿔 놓고 생각을 한다고 해도 무영검가는 뇌전팽가를 공격해서 흡수했을 것이다.

독고우현의 물음에 신풍협개는 씁쓸한 미소를 지었다.

"거기에는 사정이 있소."

"무슨 사정이오?"

신풍협개는 도무탄 양쪽에 찰싹 달라붙어 앉아 있는 독고지연과 독고은한, 그리고 독고지연 옆에 꼿꼿이 앉아 있는 독고예상을 차례로 쳐다보고 나서 말했다.

"뇌전팽가의 삼 형제가 독고가의 세 자매를 연모하고 있기 때문이오."

"허어……."

"그런……."

무영칠숙 중에 몇 명이 어이가 없다는 듯 중얼거렸다.

그러나 독고가의 사람들은 그 말이 전혀 생소하게 들리지는 않았다.

뇌전팽가의 삼 형제가 독고가의 세 자매를 연모한다는 사실은 이미 익히 알고 있었던 터이고, 북경성 내에서도 알 만한 사람은 다 알고 있는 공공연한 비밀이다.

그리고 대부분의 사람은 장차 무영검가와 뇌전팽가가 사돈, 그것도 삼 형제와 세 자매가 한꺼번에 혼인을 해서 겹사돈이 될 것이라는 사실을 믿어 의심하지 않았다.

뇌전팽가의 가주 팽기둔에게는 사 남매가 있으며 위로 삼형제에 막내가 딸이다.

장남 팽도(彭道), 차남 팽웅(彭雄), 삼남 팽무(彭戊), 막내딸 팽정(彭貞)이다.

한 가문의 삼 형제가 다른 가문의 세 자매를 한꺼번에 연모하는 일은 흔하지 않은데 그런 일이 무영검가와 뇌전팽가 사이에서 일어났다.

그런데 묘하게도 장남 팽도는 삼십일 세의 노총각인데도 불구하고 무영검가의 막내딸이며 이십 세로 열한 살이나 나이 차이가 나는 어린 독고지연을 연모하고 있다.

그리고 차남 이십칠 세의 팽웅이 이십삼 세의 독고예상을, 삼남 이십오 세의 팽무가 이십일 세의 독고은한을 사모하고 있는 것이다.

독고지연과 독고은한은 자신을 연모하는 팽도와 팽무를 일관되게 냉담함으로 대해왔기에 타인이나 마찬가지다. 그녀들은 공식적인 자리 외에 팽도와 팽무를 사적으로 만난 적이 한 번도 없었다.

모두의 시선이 자연스럽게 독고예상에게 향했다. 독고예상과 차남 팽웅이 근래 들어서 자주 만나고 있다는 사실을 알기 때문이다.

팽웅은 활달하고 이해심이 깊은 성격인데 오만하고 차디찬 성격의 독고예상을 깊이 사랑하면서 특유의 넓은 아량으로 잘 다독이고 있었다.

"흥! 끝났어요."

독고예상이 코가 떨어져 나갈 것처럼 싸늘한 콧소리를 내면서 종알거렸다.

"뇌전팽가가 어떤 존재인지 다 알게 됐는데도 소녀가 팽가 놈하고 시시덕거릴 줄 아셨나요?"

뇌전팽가가 원수나 다름이 없는 가문이 됐으므로 자신과 팽무가 어떤 사이였든 이제 깨끗이 없었던 일이 되는 것은 당연한 일이 아니겠느냐는 뜻이다.

그녀는 손칼을 만들어서 보이지 않는 무엇인가를 내려치며 자르는 시늉을 했다.

"그런 놈하고는 지금 이 순간에 깨끗이 정리해 버렸어요."

그녀는 미심쩍은 표정으로 자신을 쳐다보는 가족들을 둘러보면서 어이없다는 표정을 짓다가 상체를 앞으로 내밀고 독고지연과 독고은한을 가리켰다.

"가문이 모든 일에 우선인 것 아닌가요? 얘들이라고 해도 나 같은 상황에 처하면 과감하게 남자를 포기하지 않겠어요? 그렇지, 너희들?"

독고지연과 독고은한은 무슨 소리냐는 듯 강하게 고개를 가로저었다.

"말도 안 되는 소리야."

"죽으면 죽었지 탄 랑은 절대로 포기 못해."

"뭐… 야, 너희들."

독고예상은 예상하지 못했던 반응에 어이없다는 표정을 지었다가 곧 발끈했다.

"가문의 원수를 사랑하겠다는 거야, 너희들?"

"누가 가문의 원수야?"

"탄 랑이 무영검가의 원수라고?"

독고예상은 자신의 말뜻을 다 알면서도 모른 체하는 두 동생을 잡아먹을 듯이 쏘아보았다.

"나하고 같은 상황이라고 설정했잖아. 도무탄이 팽가의 아들이면, 그래도 사랑하겠느냐고!"

"도무탄은 도씨지 어째서 팽가야?"

"억지 쓰지 마, 언니."

"너희들 정말……."

도무탄은 양손을 내밀어 엄지손가락을 치켜세웠다.

"연아와 한아 최고다."

"헤헤헤… 탄 랑, 사랑해요."

"천첩은 탄 랑만 계시면 돼요."

독고지연과 독고은한은 그의 겨드랑이 아래로 파고들면서 암코양이처럼 코 먹은 소리를 냈다.

"어제 본 가에 찾아왔었던 강원소대를 말이오?"

뇌전팽가의 일이 잦아들 무렵 독고우현은 또다시 크게 놀라서 낮게 소리쳤다.

대화를 하던 중에 신풍협개가 도무탄이 혼자 영정하를 건

너는 배 위에서 강원소대를 몰살시켰다는 사실을 밝혔기 때문에 다들 혼비백산했다.

"그렇소. 그들 강원소대를 저 친구 혼자서 깡그리 몰살해서 영정하에 수장시켰소."

신풍협개는 도무탄이 강원소대의 마지막 한 명인 아미파 속가제자 명림을 살려준 것을 알고 있을 텐데도 '깡그리 몰살' 시켰다고 거듭 말했다.

도무탄이 한 명을 살려준 데에는 그럴 만한 이유가 있을 것이라고 생각한 듯했다.

"자네… 정말……."

독고우현과 무영칠숙, 독고가의 남매들은 놀라면서도 질린 듯한 얼굴로 도무탄을 쳐다보았다.

추살대가 구대문파에서 엄선된 일급고수들로만 구성되었다는 사실은 잘 알려져 있다.

그런데 도무탄이 혼자서 그들을 다 죽였다니 실로 경악할 일이다. 또한 그의 무위가 그 정도일 줄은 미처 예상하지 못했었다.

도무탄은 머쓱한 표정을 지었다.

"연아를 찾지 못해서 속이 몹시 상해 있는데 마침 그들이 눈에 띄기에……."

독고지연과 독고은한은 똑같이 걱정스러운 표정으로 그의

몸을 살폈다.

"어디 다치지 않았어요?"

"탄 랑은 괜찮아요?"

그러다가 그녀들은 그가 권혼력으로 상처를 치료하는 능력이 있다는 사실을 깨닫고 나서야 안도했다.

그러나 독고지연은 착잡한 표정을 지었다. 대화 도중에 자신이 뛰어나갔기 때문에 그런 일이 벌어졌던 것인데. 도무탄이 강원소대하고 싸우다가 잘못되기라도 했으면 어떻게 되었을지 생각하니까 눈앞이 캄캄해졌다.

만약 그런 일이 실제로 벌어졌다면 그녀는 절대로 살지 못했을 것이다.

그 소식을 전해 듣는 순간 심장이 덜컥 멈추고 숨을 쉴 수가 없어서 그 자리에 고꾸라지고 말 터이다.

"탄 랑, 앞으로 천첩이 잘할게요."

도무탄은 벙긋 미소 지었다.

"아냐. 내가 잘해야지."

독고우현이 정색을 하고 신풍협개에게 물었다.

"방주, 그 사실을 소림사나 추살대에 알렸소?"

신풍협개는 도무탄을 턱으로 가리켰다.

"아니오. 그러기도 전에 저 친구가 들이닥쳐서 난리를 치는 바람에……."

독고우현은 한시름 놓았다.

"다행이오."

"아버님, 제게 생각이 있습니다."

도무탄은 상체를 약간 앞으로 숙이고 상석의 독고우현을 쳐다보았다.

"뭔가?"

"제 짐작으로는 강원소대가 저를 상대하기 위해서 추살대 전원을 북경성으로 끌어들일 것 같습니다."

도무탄은 말하고 나서 신풍협개를 쳐다보았다.

"그렇지 않습니까?"

"그렇네."

신풍협개는 고개를 끄떡였다.

"강원소대는 자신들을 제외한 추살대 사백오십 명 전원을 북경성으로 소집했네. 본 방이 흩어져 있는 아홉 개 소대 각각에게 전서구를 보내주었네."

도무탄은 강원소대가 연락을 취하려면 개방을 이용했을 것이라 짐작했는데 그게 맞았다.

"그리고……."

신풍협개는 중요한 얘기를 하기에 앞서 숨을 골랐다.

"추살대 본대가 도착하면 뇌전팽가와 손을 잡고 저 친구를 상대하려고 할 걸세."

독고우현이 물었다.

"뇌전팽가는 무탄의 일을 아는 것 같소?"

"아마 알고 있을 것이오."

"음."

추살대 본대 전체가 북경성에 도착하면 뇌전팽가로서도 어떤 결단을 내려야만 할 터이다.

추살대 본대의 협조 요청마저 거절한다면 뇌전팽가는 소림사의 맹도군주로서 입지가 곤란해질 것이기 때문이다.

그때가 되면 뇌전팽가의 삼 형제가 무영검가의 세 자매를 연모하기 때문에 손을 못 댄다는 것은 더 이상 이유가 되지 못할 터이다.

도무탄은 독고우현이 심각한 얼굴로 변하는 것을 보고 조금 전에 하던 말을 계속했다.

"우리가 추살대를 몰살시키는 겁니다."

전혀 예상하지 않았던 말에 다들 깜짝 놀랐다.

도무탄은 잠시 뜸을 들였다가 말을 이었다.

"그리고 이 기회에 뇌전팽가도 어떤 식으로든 정리하는 게 좋겠습니다."

탁!

"근사하군!"

독고용강이 환한 표정을 지으며 주먹으로 제 손바닥을 강하게 치면서 벌써부터 흥분했다.

독고용강뿐만 아니라 모두들 도무탄의 말을 듣고 보니까 충분히 가능한 얘기라서 흥미를 보이기 시작했다.

"무탄, 어떤 계획이 있는지 어서 말해보게."

독고용강이 참지 못하고 도무탄을 재촉했다.

第五十七章

소림사의 신인(神人)

그로부터 한 달여가 지나 구월이 됐다.

북경성은 표면적으로는 여느 때나 다름없이 매우 평화로워 보였다.

하지만 그것은 어디까지나 잔잔한 수면 위의 광경이고, 그 평화로움 아래에서는 몇 가지 일이 은밀하게 치러지고 있는 중이다.

자금성 서쪽에는 남쪽에서 북쪽으로 여러 개의 호수가 길게 늘어서 있다.

그것들은 북경 내성(內城)의 거의 한복판을 가로지를 정도로 크고 길다.

북문(北門) 중에 하나인 덕승문(德勝門)을 통과하여 성 밖의 해자와 연결되어 있는 십찰해(十刹海)가 북서에서 남동으로 길게 누워 있다.

십찰해의 남동쪽 끄트머리에 하화지(荷花池)가 있으며, 거기에서 흘러나온 물줄기가 자금성을 북, 동, 남으로 휘감아서 돌아 가장 남쪽의 호수인 남해(南海)로 흘러든다.

남해의 북쪽에는 중해(中海)가 있으며, 중해의 북쪽에는 북해(北海), 그리고 북해 북쪽 머리맡에 십찰해와 하화지가 지붕처럼 길게 자리하고 있다.

이 여러 개의 호수는 풍광이 빼어나게 아름다울 뿐만 아니라 주변에는 그리 높지 않은 야산들이 있어서 사시사철 사람들의 발길이 끊이지 않는다.

특히 그중에서도 북해의 절경이 으뜸이어서 호숫가에는 수많은 기루와 주루, 점포들이 빼곡하게 들어차서 연일 성업 중이다.

기루는 칠십여 개, 주루는 백여 개가 빼곡하게 들어차 있는데, 제일 노른자위라고 할 수 있는 북해 남안(南岸)의 섬 근처는 기암괴석의 산을 끼고 있는 지리적 여건 때문에 기루든 주루든 불과 십여 개만 들어설 자리가 겨우 난다. 그 때문에 이곳에 있는 기루와 주루가 단연 인기를 모으고 있으며 장사도 제일 잘된다.

그곳 남안에 있는 일곱 개의 기루와 세 개의 주루는 북해십루(北海十樓)라고 따로 부를 만큼 규모가 크고 경치가 단연 압권이다.

그런데 지난 한 달여 사이에 북해십루의 주인이 모두 다른 사람으로 바뀌었다는 사실을 북경성의 사람 중에서 알고 있는 사람은 거의 없다.

북해 호숫가 주변의 기루의 가격은 평균 은자 삼백만 냥이고 주루는 백오십만 냥이며, 남안의 북해십루는 그보다 대여섯 배 이상을 호가한다.

그것을 어떤 한 사람이 적게는 시가의 세 배, 많게는 일곱 배를 주고 모조리 사들였다.

그리고는 천하에서 가장 아름답고 기예가 뛰어난 기녀들과 무희들, 숙수들을 끌어모아 투입했다.

뿐만 아니라 백여 척의 멋지고 큰 유람선을 띄워서 북해 만이 아니라 멀리 영정하와 경항대운하까지 운항했다.

그 덕분에 북해십루는 예전에 비해서 수입이 열 배 이상 증대되었으며 천하각지에서 몰려든 손님들로 연일 인산인해를 이루었다.

연지루(蓮芝樓)는 북해십루 중에 하나이며 대로에서 그곳으로 가려면 구불구불한 길을 오십여 장쯤 걸어가야 한다.

좁은 길이라서 마차나 수레는 진입할 수 없으며, 길 양쪽은 깎아지른 절벽이 이십여 장 높이로 담처럼 서 있다.

그러나 곳곳에 불이 밝혀져 있어서 전혀 어둡지 않으며, 폭 일 장 남짓의 길은 연지루를 찾는 손님들로 언제나 넘쳐나고 있다.

그 길의 끝에는 오 층의 어마어마한 규모의 팔각(八角) 건물이 세워져 있다.

밤이면 거대한 오 층 건물 전체가 환하게 불이 밝혀져 있어서 아름답기 그지없으며, 건물에서 듣는 이의 심금을 울리는 연주와 노랫소리가 흘러나온다.

이 오 층 건물이 바로 연지루이며 이십여 장 길이의 멋들어진 운교(雲橋)를 건너야지만 건물의 일 층으로 들어갈 수가 있다.

다리에서 아래를 내려다보면 아찔하다. 높이가 삼십여 장에 이르고 아래에는 호수의 물결이 넘실거리기 때문이다.

그렇다. 연지루는 뭍에서 이십여 장 떨어진 하나의 돌섬에 세워져 있다.

또한 연지루는 운교와 연결된 일 층 위로 오 층이 있으며, 그 아래로 육 층이 있어서 도합 십일 층의 엄청난 높이다.

연지루 때문에 보이지 않지만 그 뒤편에는 포구가 있으며 여러 척의 유람선을 보유하고 있어서 수시로 유람선이 한 번에 백여 명 이상의 손님을 태우고 밤의 호수로 미끄러져 간다.

연지루의 오 층은 통제구역이다. 연지루에서 근무하는 사람들에게는 오 층이 루주의 거처로 알려져 있다.

그 말은 맞다. 하지만 둘레가 무려 오십여 장에 이르고 방이 이십여 개나 있는 오 층에서 연지루주가 사용하는 공간이라고 해봐야 방 한 칸 정도가 고작이다.

사실상 연지루 오 층을 사용하고 있는 사람은 도무탄이다.

아니, 더 정확하게 설명하자면 도무탄과 독고지연, 독고은한 세 사람이 함께 생활하고 있다.

한매선은 북경성에 들어온 지 닷새 만에 이 기루를 은자 천육백만 냥을 주고 제일 먼저 구입했었다.

도무탄은 기루의 이름을 연지루, 즉 독고지연의 지연을 거꾸로 하여 짓고 그때부터 이곳에서 아내나 다름이 없는 두 여자와 줄곧 지냈다.

연지루 오 층은 독고지연이 연지상계(蓮芝上界)라고 이름을 지었으며, 이곳에서 세 사람은 신혼살림이나 다름이 없는 생활을 하고 있다.

도무탄과 독고가 사람들은 두 가지 목적을 위해서 상의를 하여, 도무탄과 독고지연, 그리고 독고은한의 혼인식을 미루는 것은 물론이고 세 사람의 관계에 대해서도 외부에 일체 알리지 않기로 했다.

두 가지 목적 중에 하나는, 추살대와 뇌전팽가를 속여서 둘다 끝장을 내자는 것이다.

그리고 또 하나는 무영검가를 무림 동쪽의 맹주로 만들려는 목적으로, 우선 북경성을 비롯한 하북성을 장악하기 위해 물밑 작업을 하는 것이다.

두 가지 목적을 이루기 위해서는, 도무탄과 독고가의 관계를 백일하에 밝히는 것보다는 비밀로 해두는 것이 훨씬 더 유리할 것이라고 판단했다.

그래서 도무탄은 한매선이 제일 먼저 구입한 기루 연지루 오 층으로 거처를 정했다.

또한 그가 이곳에 있다는 사실은 무영검가에서도 몇 사람만이 알고 있다.

선침이후루(先鍼而後縷), 바늘이 먼저 가고 실이 뒤따르듯이, 그가 있는 곳에 독고지연과 독고은한도 함께 살고 있다.

물론 사정상 독고지연과 독고은한이 줄곧 연지루 오 층 연지상계에 머물 수는 없다.

많은 사람이 두 여자가 무영검가에 머물고 있는 줄 알기 때문에 독고가 오 남매를 외부인에게 내보여야 할 때라든지 그 밖에 중요한 일이 있을 경우에 두 여자는 무영검가에서 제자리를 지킨다.

그렇지만 밤에는 무슨 일이 있어도 연지상계로 돌아와서 도무탄과 함께 자는 것을 원칙으로 한다.

지금 현재 두 가지 목적을 위한 계획은 순조롭게 착착 진행되고 있는 중이다.

뇌전팽가 가주 팽기둔은 지난 한 달여 사이에 세 번 무영검가에 왔었다.

그렇지만 그는 등룡신권에 대해서 꼬치꼬치 캐묻지 않고 그저 지나가는 말처럼 물었을 뿐이다.

그럼 독고우현은 무림추살령이 떨어진 등룡신권 같은 자에게는 절대로 딸을 줄 수 없다고 일언지하에 거절하여 내쫓았다고 둘러댔다.

등룡신권 때문에 죄 없는 자신들까지 덤터기를 쓰고 싶지 않다는 말을 덧붙였다.

물론 그것은 사전에 도무탄과 상의한 내용이고, 북경성이나 무림에서는 다들 그렇게 알고 있다.

팽기둔은 어디선가 들었다면서 무림추살대 강원소대가 무영검가에 찾아와서 등룡신권을 내놓으라고 요구했을 때 어째서 그들을 억압해서 내쫓았느냐고도 물었다.

그럼 독고우현은 '나는 소림사하고 적이 되는 것은 싫지만 소림사를 좋아하지도 않소. 솔직하게 말하자면 외려 소림사를 싫어하는 편이오' 라고 적당히 설명했다.

그게 가장 적절한 대답이다. 평소에 독고우현은 팽기둔과 대화할 때 소림사에 대해서 쓴소리를 가끔 했었기에 그의 그런 대답은 생소하지 않았다.

밤에 독고용강과 독고기상이 연지루에 왔다.

둘은 부친의 특명을 받고 개방과 협력하여 하북성의 방, 문파와 무림고수들을 포섭하는 일을 하고 있다.

진실로 정의롭고 협의가 살아 있으며 소림사와 팔대문파를 싫어하는 방, 문파와 무림고수의 소재를 개방이 알려주면 독고용강과 독고기상이 찾아가서 여러 방법으로 포섭을 하는 것이다.

독고용강과 독고기상이 무영검가 가주의 전권을 위임받아서 은밀하게 행동을 하고는 있지만, 그게 그렇게 쉬운 일이 아니라는 것을 두 사람은 나날이 실감하고 있다.

무영검가의 가주가 직접 전면에 나서서 방, 문파들을 포섭해도 될까 말까 한 일인데 젊은 두 사람에게는 벅찬 일일 수밖에 없다.

더구나 그 일은 외부에 절대 드러나지 않게 행해야 하며,

또한 포섭이 실패할 경우에 그곳 방파나 문파, 무림고수의 입을 막아야 하는데 그게 또 여간 어려운 일이 아니다.

독고용강과 독고기상은 매우 은밀하게 연지루까지 왔지만 그래도 미행이 있지 않을까 하여 일단 평범한 손님처럼 기녀와 함께 기방(妓房)에 들었다.

두 사람은 이곳이 처음이지만 사전에 도무탄하고 입을 맞춰놓았기에 그를 만나는 일은 어렵지 않았다.

연지루의 총관을 불러서 자신들의 신분을 은밀하게 밝히자 잠시 후에 소화랑이 두 사람을 데리러 내려왔다.

소화랑은 독고가 사람들의 얼굴을 다 알기 때문에 독고용강과 독고기상이라는 것을 확인한 소화랑이 두 사람을 연지상계로 데리고 올라갔다.

연지상계의 아래 세 개 층은 기녀들과 숙수들의 숙소다. 그곳을 기방으로 사용하지 않는 이유는 맨 위층 연지상계가 도무탄의 거처이기 때문에 아래 세 개 층을 완충지대로 삼으려는 의도다.

한매선이 매입하여 차례로 영업을 개시한 북해십루에는 쟁쟁한 호위무사들이 지키고 있다.

사실 그들은 무영검가에서 파견된 고수이므로 호위무사가 아니라 호위고수라고 해야 마땅할 것이다.

그들은 자신들이 무영검수라는 사실을 철저하게 감추려고 각 기루와 주루의 특색에 맞춰서 변복을 한 모습으로 북해십루에 열 명씩 근무를 하고 있다.

사 층에서 연지상계로 오르는 계단 입구에 호위고수 두 명이 서 있다가 독고용강과 독고기상이 다가오는 것을 발견하고는 깜짝 놀라고 또 반가워하며 공손히 허리를 굽혔다.

"두 분을 뵙니다."

그러나 호위고수들은 단지 그렇게 말했다. 독고용강과 독고기상의 신분을 밝히지 않으려는 의도다.

"오라버니!"

연지상계에 올라온 두 사람은 독고지연과 독고은한의 반가운 환대를 받았다.

이들은 각자 할 일이 바쁘기 때문에 무영검가 내에서도 마주치는 일이 거의 없다.

"무탄은 어디에 있느냐?"

"연공 중이에요."

독고지연의 대답에 독고용강과 독고기상은 연공실을 찾는 듯 주위를 두리번거렸다.

"연공실은 여기에 없어요. 탄 랑은 곧 오실 테니까 두 분 오라버니는 이리 오셔서 숨이나 돌려요."

활달한 독고지연은 두 오빠의 손을 잡고 어떤 방으로 이끌었고, 차분한 독고은한은 미소를 지으며 뒤따랐다.

연지상계에는 도합 이십이 개의 방이 있으며, 그중에서 외곽에 창을 끼고 있는 방이 여덟 개다.

연지루는 팔각으로 이루어졌는데 하나의 각(角)에 방이 하나씩 있는 셈이다.

독고가의 사 남매는 경치 특히 야경이 훌륭한 북쪽 방에서 탁자에 둘러앉아 이야기꽃을 피우고 있다.

한쪽 벽면의 절반을 차지하고 있는 창을 문처럼 좌우로 활짝 열면 문밖은 노대(露臺:발코니)인데 독고가의 사 남매는 그곳에 앉아 있다.

노대의 기둥에는 유등이 밝혀져 있으며 아래쪽에는 불을 환하게 밝히고 연주 소리와 노랫가락이 흘러나오는 유람선이 수십 척 떠 있어서 마치 불타는 꽃 수십 송이가 수면을 물들인 것처럼 장관을 연출했다.

척!

방문이 열리고 소진과 보화가 갖가지 요리와 술이 담긴 커다란 쟁반을 두 손으로 들고 들어왔다.

당연한 일이지만 소진과 보화, 보화의 아이들, 궁효 등도 모두 이곳에서 함께 살고 있다.

도무탄의 시중을 숙수나 하녀들에게 맡길 수 없다면서 보화와 소진이 직접 요리와 청소를 하면서 그와 독고지연, 독고은한 곁에 머물고 있다.

"어이구, 이런……."

독고용강과 독고기상은 도무탄이 가족처럼 여기는 보화와 소진이 직접 요리 쟁반을 들고 들어오자 당황해서 벌떡 일어났다.

"앉아계세요."

보화는 엷은 미소를 지으며 독고지연, 독고은한과 함께 사이좋게 식탁을 차렸다.

독고용강과 독고기상은 여동생들이 보화, 소진과 친숙하게 우스갯소리를 하면서 식탁을 차리는 것을 보며 흐뭇한 미소를 지었다.

여동생들이 이제는 도무탄의 가족이 다 된 것 같은 기분이 들었기 때문이다.

독고용강과 독고기상은 도무탄을 너무나도 좋아하기 때문에 여동생들이 도무탄과 행복한 모습이 자신들의 행복인 것처럼 여겨졌다.

요리를 다 차린 보화와 소진은 사 남매끼리 회포를 풀 수 있도록 자리를 피해주었다.

"행복하니?"

술을 마시다가 독고용강이 넌지시 묻자 독고지연은 꽃봉 오리가 피어나듯 환하게 미소 지었다.

"네, 소녀는 이날까지 살아오면서 이렇게 행복했던 적이 한 번도 없었어요."

그녀 옆 나란히 앉은 독고은한은 잔잔히 미소 지으며 고개를 끄떡였다.

"한아, 너는?"

독고용강이 이번에는 독고은한에게 묻자 그녀는 마치 터지려는 가슴을 누르듯 두 손을 가슴에 얹고 꿈을 꾸는 듯한 표정을 지었다.

"너무 행복해서 죽을 것만 같아요."

독고기상은 그것 보라는 듯 당연한 표정을 지으며 고개를 끄떡였다.

그는 독고용강이나 집안의 어른들의 걱정, 즉 도무탄이 독고지연과 독고은한 두 여자를 거느리고 과연 행복하게 잘살수 있을 것인지 염려할 때마다 그런 걱정은 하지 말라고, 세 사람은 누구보다도 행복하게 잘살 것이라고 입이 닳도록 설명했었다.

독고용강은 도무탄을 처음 보는 순간 그가 마음에 쏙 들었으며, 보면 볼수록 그의 사내다움과 배포, 용맹함에 더욱 매력을 느꼈었다.

그래서 도무탄이라면 두 여동생을 행복하게 해줄 수 있을 것이라고 믿으면서도, 한편으로는 오라비로서 전혀 걱정이 안 되는 것은 아니었다.

그러나 막상 두 여동생이 말로는 설명하기 어렵다는 듯이 자신들의 행복을 표현하는 것을 보고 비로소 안심했다. 그리고 도무탄에 대한 신뢰가 한층 더 돈독해졌다.

해시(밤 10시경)쯤에 도무탄이 왔다.

연지루 지하는 삼 층이며 여러 칸의 밀실로 이루어져 있는데 도무탄은 그중 한 곳을 연공실로 사용하고 있다.

그곳 지하 밀실로 내려갈 수 있는 통로는 이곳 십일 층 연지상계에만 있다.

도무탄과 두 아내의 방 한쪽 구석에 아무도 알아보지 못하는 평범한 벽이 있다.

그곳의 어느 특수한 장치를 누르면 벽이 열리고, 그곳에서 지하까지 좁은 나선형의 계단이 길고도 깊게 이어져 있는 구조다.

말하자면 연지루는 처음 지어졌을 때부터 맨 꼭대기 층이 루주의 거처이며 지하 밀실은 오직 루주만을 위한 공간이었던 것 같았다.

"어떻습니까?"

술이 몇 순배 돈 후에 도무탄이 궁금한 얼굴로 물었다.

독고씨 두 형제는 그가 무엇을 물어보는지 깨닫고 이내 씁쓸한 표정을 지었다.

"그게… 생각했던 것처럼 쉽지가 않네."

사실 도무탄은 그럴 것이라고 예상하고 있었으므로 별로 놀라지 않았다.

"뭐가 문제입니까?"

"상아, 네가 설명해라."

"네, 형님."

말주변이 없는 독고용강이 독고기상을 시켰다. 독고기상은 미리 준비해 두었던 얘기를 시작했다.

"우린 돈을 요구하는 방파와 문파, 무림인은 원하지 않네. 그렇지만 우리 편이 된 이후에 돈이 필요한 곳이나 사람이 있다면 아낌없이 지원을 하고 있네."

거의 무진장의 돈을 도무탄이 주었기 때문에 돈이라면 걱정이 없다.

원래 독고용강은 돈만 있으면 세력을 모으는 것은 어렵지 않을 것이라고 호언장담했었다.

하지만 막상 뚜껑을 열어보니까 그게 아니었다. 돈으로 사람을 산다는 것은 천만의 말씀이다.

돈을 보고 몰려드는 자들은 무림의 정의나 협의에는 추호도 관심이 없었다.

그저 어떻게 하면 돈을 한 푼이라도 더 벌 수 있을 것인가에만 온통 정신을 쏟았다. 마치 돈은 더러운 오물과 같아서 조승모문(朝蠅暮蚊), 아침에는 파리 떼가 들끓고 저녁에는 모기떼가 들끓는 것 같았다.

독고용강과 독고기상, 그리고 돈의 위력을 철석같이 믿었던 독고가의 몇몇 사람은 크게 실망하여 결국 돈으로 세력을 사는 방법을 포기하고 말았다.

그리고 그때부터 정말로 가슴속에 정의와 협의가 맥맥이 살아 있는 방파와 문파, 무림고수들을 찾으려고 발로 뛰어다녔던 것이다.

"당연히 그래야지요."

도무탄은 술잔을 기울이다가 고개를 끄떡였다. 무영검가가 무조건 돈으로 세력을 키우려 하지 않는다는 점이 마음에 들었다.

사실 그는 처음부터 돈만 갖고는 세력을 만드는 일이 어려울 것이라고 짐작했었다.

돈은 엄청난 위력을 지니고 있지만, 또한 돈만큼 더러운 것이 없다는 사실을 진작부터 잘 알고 있는 그였다.

"그러다 보니까 말로만 설득하게 되는 꼴이라서 실적이 영좋지 않네."

독고기상은 두 팔을 벌려 보이며 이젠 한계에 도달했다는 듯한 인상을 풍겼다.

"형님과 내가 무영검가를 대변하고 있다지만 사람들이 우리처럼 젊은 사람은 쉽게 믿으려고 하지 않네."

독고용강이나 독고기상은 이런 식으로 우는소리를 하지 않는 성격이라고 알고 있는 도무탄이지만, 방, 문파와 무림고수를 포섭하는 것이 여북 힘들면 이러겠나 싶었다.

"지난 한 달여 동안 우리 형제가 포섭한 방파와 문파는 일곱 곳일세. 그중에 네 곳은 무영검가라는 이름만 듣고서 무조건 합세하겠다고 했으니까, 우리가 실질적으로 포섭한 곳은 세 곳이 고작일세."

"수고했습니다."

한 달여 동안 일곱 곳. 그중에서도 이들 형제의 노력으로 포섭한 방, 문파가 세 곳뿐이라는 것은 확실히 도무탄의 기대에 미치지 못했다.

하지만 그것은 이들 형제가 최선의 노력을 다한 결과이기에 도무탄은 실망하기보다는 두 사람의 노고를 진심으로 치하했다.

최선을 다해서도 안 되는 것은 어쩔 수 없는 일이다. 오히려 열악한 상황에서도 포기하지 않고 일곱 개의 방, 문파를 포섭했다는 것을 높이 평가했다.

"그런데 우리가 오늘 밤 여기에 자넬 찾아온 이유는……."

독고기상은 조심스럽게 본론을 꺼냈다.

"방파나 문파, 무림인들이 자넬 원하기 때문일세."

"저를… 말입니까?"

도무탄이 뜻밖이라는 표정을 짓자 독고기상과 독고용강은 똑같이 고개를 끄떡였다.

"하북성에서 소림사와 팔대문파, 심지어 뇌전팽가까지 반대하는 사람은 의외로 많았네. 그런데 그들은 하나같이 든든한 구심점을 원하고 있다네."

"구심점입니까?"

"그렇네. 그 구심점으로 대다수 사람이 자네 등룡신권을 첫손가락에 꼽았다네."

"그거 참……."

도무탄은 머쓱한 표정을 지었고 독고지연과 독고은한은 그가 더할 수 없이 자랑스러운 듯 양쪽에서 그의 양팔을 꼭 가슴에 안았다.

"지금까지 자네만큼 소림사를 무서워하지 않고 또 그들을 핍박한 사람은 아마도 삼백여 년 전의 천신권 한 명뿐일 걸세."

그건 그렇다. 천신권 이후에 소림승을 그렇게 많이 죽인 사람이 도무탄 말고 누가 있겠는가.

그뿐인가. 무림의 성지인 소림사를 제 집 안방마냥 거침없이 들어가서 장문인과 소림사로를 비롯한 백여 명을 잔인무도하게 죽인 예는 전무후무한 일이었다. 천신권도 그런 일은 하지 못했었다. 그것은 무공이 아니라 배짱과 용맹함이 관건이다.

그 소문이 천하에 파다하게 퍼졌으므로 도무탄을 나쁘게 보는 사람들은 더욱 나쁘게 볼 테지만, 좋게 여기는 사람은 그를 구세주 정도로 여기는 것이 마땅하다.

소림사와 팔대문파의 악명이 천하에 자자할수록, 그에 반하여 등룡신권의 대명은 태양처럼 찬란하게 빛나고 있다. 다만 도무탄 자신이 그것을 잘 모르고 있을 뿐이다.

"그럼 제가 뭘 어떻게 하면 되겠습니까?"

도무탄은 독고용강과 독고기상이 자신의 도움을 원하는 것이라고 생각했다.

지금까지는 독고기상이 설명했으나 대화가 무르익자 이번에는 독고용강이 상체를 앞으로 약간 숙이고 두 손을 맞잡으며 부탁하는 표정을 지었다.

"자네가 우리와 함께 몇 군데 방파와 문파에 가주면 안 되겠나? 우리가 먼저 가서 설득한 곳들인데 등룡신권을 가장 원하는 방파와 문파일세. 자네 얼굴을 보여주는 것만으로 그들을 포섭할 수 있을 걸세."

"그러겠습니다."

독고용강과 독고기상은 초조하게 바라보다가 그가 흔쾌히 고개를 끄떡이자 맥이 탁 풀리는 것처럼 안도의 표정을 지었다.

"고맙네. 정말 고맙네."

독고용강은 그의 손을 덥석 잡았다.

도무탄은 온화하게 미소 지었다.

"이왕에 여기까지 오셨으니까 오늘 밤은 맘껏 마시고 예서 편히 쉬십시오."

"하하! 그럼 그래볼까?"

독고용강과 독고기상은 이곳에 온 목적을 달성했으므로 마음이 몹시 가벼워져서 환하게 웃었다.

*　　　*　　　*

하남성 숭산의 소림사가 있는 서쪽의 소실봉(少室峰)과 동쪽의 태실봉(太室峰)이라는 두 개의 거봉 사이에는 준극봉(峻極峰)이 있다.

숭산에서는 소실봉이 가장 높고 태실봉은 웅장하며 준극봉은 험준하기로 유명하다.

소림사에서 이십여 리 거리의 준극봉 동쪽 벼랑 위에는 다

섯 채의 불당이 위치해 있다. 이곳을 성불원(成佛院)이라고
하는데 태선승의 거처다.

소림사의 전대 장문인이나 전대 장로가 여생을 보내는 성
지로써 이곳에 출입할 수 있는 사람은 소림사 내에서도 열 명
안팎이다.

성불원의 어느 전각 안. 두 명의 노승이 나란히 앉아서 차
를 마시고 있으며, 그 앞에는 한 명의 승려가 노승들을 향해
서 무릎을 꿇고 이마를 바닥에 붙이고 있다.

달그락…….

은은한 다향이 실내에 자욱한 가운데 두 노승은 아무런 말
도 하지 않고 조용히 차만 마셨다.

두 노승의 모습은 속세의 피와 살로 이루어진 인간하고는
거리가 멀었다.

흡사 신선과도 같은 용모에 나이를 가늠할 수 없을 정도인
데, 어찌 보면 초로의 나이 같고 어찌 보면 백수십 세는 된 것
처럼 보였다.

그들은 모든 것이 희었다. 배까지 이르는 긴 수염과 눈을
덮은 눈썹도 백염(白髥)과 백미(白眉)이고, 입고 있는 옷도 눈
처럼 흰 백의 가사다.

다만 얼굴의 안색이 대추처럼 불그스름하여 마치 청년 같

은 혈색을 하고 있었다.

"허허… 능(能)아, 너의 차 솜씨는 천하에 따를 자가 없을 것 같구나."

이윽고 차를 다 마신 오른쪽의 노승이 찻잔을 내려놓으며 흡족한 미소를 지었다.

그는 소림사의 전대 장문인 무아선사(無我禪師)다. 장문인 직에서 물러난 지 올해로 이십오 년이고, 이곳 성불원에서 생활한지도 이십오 년이 됐다.

"허허허… 그렇습니다, 사형. 소제는 능아의 차를 마시지 않고는 하루도 버티지 못할 것 같습니다."

왼쪽의 노승 무무선사(無無禪師)도 제자의 차 맛을 극찬하며 껄껄 웃었다.

무무선사는 전대 소림장로였으며 그 역시 사형 무아선사와 같은 날 장로에서 물러나 이곳 성불원으로 함께 들어와 지금껏 지내고 있다.

"능아."

"말씀하십시오, 사부님."

무아선사의 부름에 제자는 고개를 들고 공손히 말했다.

무아선사의 하나뿐인 제자 영능(靈能)의 용모는 실로 놀라울 정도였다.

사람의 외모에 하늘이 놀라고 땅이 흔들린다는 경천동지(驚

天動地)라는 표현을 사용할 수 있다면 마땅히 영능에게 적합할 것이다.

이것은 남자의 준수함이나 여자의 아리따움이 아니다. 지금껏 세상에 태어났었던 인간 중에서 가장 월등한 남자와 여자의 미모를 한꺼번에 빚어놓은 듯한 용모다.

비록 소림승이라서 머리를 파르라니 밀었으나 그런 것은 영능의 용모에 추호도 해를 끼치지 못했다.

사부와 사숙을 존경 어린 눈빛으로 그윽하게 바라보는 그의 눈을 누구라도 한 번 볼라치면 정신을 수습하기 어려울 정도일 것 같았다.

"너는 노납과 사숙의 일신무학을 모두 물려받았기에 불문의 무공은 더 이상 배울 것이 없느니라."

"모두 사부님과 사숙님의 은혜 덕분입니다."

무아선사는 소림사 장문인직에서 물러나 이곳 성불원에 들어올 때 핏덩어리 같은 갓난아기를 안고 있었다.

누군지 모르는 사람이 소림사 산문 밖에 갓 태어난 아기를 강보에 싸서 두고 갔는데 무아선사가 성불원으로 데리고 들어온 것이다.

그 아기가 이십오 년이 지난 현재 무아선사와 무무선사의 공동전인이나 다름이 없는 영능인 것이다.

무아선사와 무무선사가 장문인과 장로직에서 물러났을 때

산문 밖에 강보에 싸인 갓난아기가 없었더라면 이들의 인연은 이어지지 않았을 것이다.

갓난아기는 소림사에 거두어져서 그저 평범한 소림승으로 성장했을 터였다.

그런데 방금 무아선사는 영능이 두 사람, 즉 무아선사 자신과 사숙인 무무선사의 일신무학을 모두 물려받아서 더 이상 배울 것이 없다고 말했다.

구십오 세인 무아선사와 구십일 세인 무무선사의 일신무학을 모두 물려받아서 더 이상 배울 것이 없다고 말할 정도라면, 영능은 소림무학 전체를 처음부터 끝까지 완벽하게 터득했다는 말이나 진배가 없다.

"아미타불……. 능아, 이제부터 너는 잠시 속세에 나갔다가 오려무나."

"네? 제… 가 말입니까?"

무아선사의 뜻밖의 말에 영능은 눈을 커다랗게 뜨고 놀랐다. 그는 갓난아기 때 무아선사에게 성불원에 안겨 들어온 이후 이십오 년 동안 한 번도 이곳을 벗어난 적이 없었다. 이곳이 그의 세계였다.

그러므로 그에게 있어서 무아선사와 무무선사는 친부모보다도 더 친밀한 관계다.

바깥세상에 대한 두려움이나 호기심 같은 것은 추호도 없다. 다만 그는 이곳에서 죽을 때까지 사부와 사숙을 모시고 도란도란 살고 싶을 뿐이다.

"사부님, 왜 속세에 나가야만 합니까?"

그는 속세에 대해서 아무것도 모른다. 다만 성불원 근처에는 소림사가 있으며, 그 바깥세상을 속세라 한다는 말만 들었을 뿐이다.

그는 자신이 속세에 나가야 하는 이유보다는 꼭 나가야만 하는지, 나가지 않으면 안 되는지가 궁금했다. 그리고 할 수만 있다면 나가고 싶지 않았다.

무아선사는 씁쓸하게 중얼거렸다.

"지금 본 파가 중대한 위기에 처해 있단다. 그래서 노납과 네 사숙은 네가 속세에 나가서 그 위기를 타개하고 돌아와 주기를 바란단다."

영능은 자신이 반드시 속세에 나갔다가 돌아와야 한다는 사실을 깨달았다.

사부는 언제나 더없이 자상하지만 한 번 내뱉은 말을 절대로 번복하지 않았었다.

"들어오너라."

무무선사가 문을 향해 나직이 말하자 곧 문이 열리고 한 명의 승려가 공손히 들어섰다.

척!

"가까이 와서 이 아이에게 설명해라."

무무선사의 말에 승려는 마치 백성이 황제 앞에 나선 듯이 최대한 공손히 걸어와서 영능 옆에 섰다.

승려는 갓 육십 세쯤 돼 보였으며, 원래는 소림사 계율원(戒律院) 주지였으나 지금은 소림장문인의 신분이며 보광(普光)이라는 법명이다.

원래 당금의 장문인은 각(覺)자 배분이 오르는 것이 정석이지만, 등룡신권에 의해서 각자 배분의 승려가 모두 죽음을 당했기 때문에 그 아래 배분이 광(光)자 배분이 장문인에 오른 것이다.

영능은 이곳 성불원에 드나드는 소림승을 매우 드물게 봐왔으며, 그들은 성불원에 필요한 물건들을 공급해 주는 오대제자(五代弟子)였다. 그러므로 보광대사 같은 승려는 처음 보는 것이다.

"그럼 말씀드리겠습니다."

보광대사는 떨리는 목소리로 작금의 소림사가 처해 있는 상황에 대해서 자세하게 설명을 시작했다.

장장 한 시진에 걸친 긴 설명 후에 보광대사는 돌아갔다.

영능은 소림사가 현재 처해 있는 상황에 대해서 다 알게 되었지만 표정에는 변함이 없었다.

지금껏 살아오면서 무아선사와 무무선사가 그의 모든 것이기 때문에 소림사의 불행과 존폐의 위기가 그에게 제대로 전해지지 않았다. 다만 어떤 상황인지만 자세하게 알게 되었을 뿐이다.

"이제부터 너는 나가서 몇 가지 일을 성공리에 마친 후에 무사히 돌아와야 한다. 그것들이 무엇 무엇인지 충분히 숙지했느냐?"

"알겠습니다."

사부와 사숙하고 헤어지는 것이 죽기보다 싫은 영능이지만, 이것이 돌이킬 수 없는 일이라면 하루속히 마치고 돌아와야겠다고 마음먹었다.

"사부님, 제게 과연 그럴 만한 능력이 있습니까?"

영능은 조심스럽게 물었다. 그는 지난 이십오 년 동안 무아선사와 무무선사를 수없이 감탄시킨 귀재 중에 귀재라서 두 사람의 절학을 마른 모래가 물을 흡수하듯이 깡그리 받아들였었다.

무아선사는 영능이 무공으로는 가히 천하제일이라고 해도 손색이 없다고 자부했다.

하지만 문제는 공력이다. 영능에게 소림사의 보물인 대환단(大丸丹)이나 소환단(小丸丹)을 몇 개 먹이긴 했지만 그것으로는 부족했다.

"능아, 그것은 걱정하지 마라. 너에겐 그럴 만한 능력이 충분하단다."

무아선사는 빙그레 미소를 짓고는 손짓으로 영능을 불렀다.

"능아, 이리 가까이 오너라."

영능이 일어나서 조심스럽게 다가가자 무아선사가 손을 뻗어 그의 왼손을 잡았다. 그러자 무무선사가 그의 오른손을 잡았다.

평소에 자주 있는 일이라서 영능은 사부와 사숙의 행동을 의심 없이 받아들였다.

더구나 곧 이별을 해야 하기 때문에 사부와 사숙이 그걸 서운하게 생각하는 것이라고 여겼다.

"녀석, 이젠 훌륭한 청년이 됐구나."

무아선사는 대견한 듯 영능의 손을 만지작거리며 흐뭇한 미소를 지었다.

"그러게 말입니다. 천하에 우리 능아처럼 훌륭한 청년은 없을 것입니다."

무무선사도 감개무량한 듯 미소를 지었다.

"사부님, 사숙님."

갓난아기 때부터 두 사람을 부모처럼 여기면서 커온 영능에게 이 작별은 가슴이 미어지는 것만 같았다.

"자, 능아. 지금부터 반야대심공(般若大心功)을 운공조식하도록 해라."

문득 무아선사가 손을 놓으면서 약간 엄숙하게 지시했다.

"네."

영능은 평소에도 늘 있는 일이라서 아무런 의심도 하지 않고 그 자리에 가부좌로 앉아서 소림사 최고의 심법인 반야대심공을 운공조식하기 시작했다.

지금까지 수만 번도 더 운공조식했던 반야대심공의 기운이 단전에서 비롯되는가 싶더니 곧 넘실거리는 강물처럼 전신으로 퍼져 나갔다.

슥—

그때 그는 커다란 손바닥 두 개가 자신의 등 뒤 명문혈(命門穴)에 닿는 것을 느꼈다.

그리고 그것이 익숙한 사부의 손바닥이라는 사실도 뒤이어서 깨달았다.

하지만 그는 별다른 생각 없이 운공조식을 계속했다. 자신이 무림에 나가게 되니까 사부가 뭔가 도움을 주려나 보다 하고 막연하게 생각한 것이다.

후우우—

그런데 그때 느닷없이 사부의 두 손바닥을 통해서 해일처럼 엄청난 기운이 몸 안으로 밀려 들어오는 것을 깨닫고 그는 움찔했다.

그 바람에 기혈이 흐트러지자 즉시 사부의 꾸짖음이 고막을 두드렸다.

[어서 사부가 주입하는 기운을 인도하여 너의 공력과 합일시켜라.]

그렇지만 영능은 그럴 수가 없었다. 어찌 어버이 같은 사부의 공력을 자신이 받을 수 있다는 말인가.

하지만 그는 아직 공력이 일천하여 운공조식 중에는 말이나 전음을 할 수가 없다.

그가 주입되는 공력을 인도하지 않고 계속 버티자 사부는 달래듯이 설득했다.

[능아, 네가 낯설고 위험한 무림에 나가니까 사부가 약간의 공력을 나누어주려는 것이다. 무사히 돌아와서 다시 사부에게 돌려주면 되지 않겠느냐?]

'아……'

영능은 사부의 깊은 뜻과 사랑을 그제야 깨달았다. 그렇다. 사부의 공력을 얼마 정도 받아들였다가 임무를 마치고 돌아와서 다시 돌려드리면 될 일이다.

그렇지만 그는 그런 것까지도 배려하는 사부의 헤아릴 수 없는 깊은 사랑에 저질로 뜨거운 눈물이 솟구치는 것을 간신히 참았다.

사부의 공력을 받아들인 영능은 다시 한 차례 운공조식을 하다가 화들짝 놀랐다.

'이럴 수가…….'

파도, 해일. 아니, 이것은 차라리 망망대해가 체내에서 넘실거리는 것 같았다.

이것은 도대체 뭐라고 표현을 할 방법이 없다. 정신과 마음은 그지없이 청명하고 몸은 아예 존재하지 않는 것처럼 가벼웠다.

그뿐 아니라 그저 손을 뻗기만 해도 태산이든 철벽이든 가루로 만들어 버릴 것 같은 미증유의 가공한 기운이 체내에서 꿈틀거렸다.

"사부님! 이게 도대체…….”

서둘러 운공조식을 끝낸 그는 벌떡 일어나면서 뒤돌아보다가 의아한 표정을 지으며 그 자리에 굳어버렸다.

"사부님… 사숙님…….”

그가 앉아서 운공조식을 하던 뒤쪽에 무아선사가 가부좌로 앉아 있으며 앞을 향해 두 손을 뻗은 자세고, 그 뒤에는 무무선사가 같은 자세로 앉아서 무아선사 등에 쌍장을 붙이고 있는 광경이다.

그런데 영능은 갑자기 알 수 없는 커다란 불길함이 파도처럼 엄습하는 것을 느끼고 후드득 몸을 세차게 떨며 두 사람에게 가까이 다가갔다.

지금껏 두 사람은 저런 모습으로 앉아 있었던 적이 없었다. 그 생소함이 영능을 불안하게 만들었다.

"사부님… 사숙님……."

무아선사와 무무선사 둘 다 더없이 평온한 모습이며 얼굴에는 은은한 미소가 떠올라 있었다.

스르르…….

그런데 영능의 손이 닿자 두 사람이 똑같이 반대쪽으로 기울어지며 쓰러지는 것이 아닌가.

세상물정을 모르는 영능은 그 순간까지도 설마 사부와 사숙이 죽었을 것이라고는 추호도 생각하지 않았다.

사부가 그에게 약간의 공력을 주입해 준 것뿐인데 그 정도로 죽을 리가 없다고 생각했다.

그런데 슬쩍 건드리는 것만으로 사부와 사숙이 똑같이 쓰러져서 축 늘어져 버린 것이다.

영능은 장난이 뭔지 모른다. 사부와 사숙이 한 번도 장난을 친 적이 없기 때문이다.

"사부님!"

영능은 득달같이 달려들어 사부의 맥을 짚어보았다. 그런데 맥이 뛰지 않았다. 맥이 뛰지 않다니, 이럴 리가 없다. 사람의 맥이 뛰지 않으면 숨이 끊어졌다는 뜻이다.

영능은 비로소 처음으로 사부가 죽었을지 모른다는 생각이 들었다.

사부를 눕혀놓고 심장에 귀를 대보았으나 심장박동도 들리지 않았으며 살아 있다는 징후는 어디에서도 없었다. 사부는 죽은 것이 분명했다.

"아… 안 돼… 흐으으……."

영능은 온몸을 부들부들 사시나무 떨듯이 떨었다. 제정신이 아닌 상태에서 허우적거리면서 사숙도 살펴봤으나 마찬가지였다.

사부와 사숙은 만면에 인자한 미소를 지은 채 이미 숨을 거두었다.

조금 전에는 살아 있었으나 지금은 죽었다. 종이 한 장 차이 같지만 현실에서의 차이는 엄청났다. 두 분은 영원히 그의 곁을 떠났다. 더 이상 사부와 사숙은 없다.

"흐으……."

영능은 넋을 잃고 그 자리에 주저앉아서 하염없이 눈물만 흘렸다.

그가 눈물을 흘리는 것은 지금이 처음이다. 그동안 살아오면서 눈물을 흘릴 일이 한 번도 없었다.

사부와 사숙이 죽었다는 사실이 도저히 믿어지지 않았다.

당장에라도 일어나서 그에게 맛있는 차를 끓여 오라고 시킬 것만 같았다.

얼마나 오래 그 자리에 앉아 있었을까. 그리고 또 얼마나 많이 사부와 사숙이 정말로 죽었는지 확인을 하고 또 확인을 한 것일까. 그러나 사부와 사숙은 분명히 죽었다.

그리고 영특한 영능은 사부와 사숙이 왜 이런 길을 택해야만 했는지 이유를 알 수 있을 것 같았다.

이제부터 그가 무림에 나가서 해야 할 일이 너무도 중요하기 때문이다.

그리고 그가 상대해야 할 적이 너무나도 고강하고 그 자신은 약하기에 사부와 사숙의 공력을 마지막 한 움큼까지 그에게 주입해 주고 스스로 죽음의, 아니, 열반의 경지에 이른 것이다.

"사부님… 사숙님……."

이제 그는 철저히 혼자 버려졌다. 이제부터는 아무도 그를 돌봐주지 않을 것이고 그 혼자서 살아나가야만 한다. 걷잡을 수 없는 공포가 엄습했다.

갑자기 그는 사부와 사숙을 한꺼번에 와락 끌어안으면서 몸부림치며 통곡했다.

"ㄱ흐흐흑!"

지독히도 큰 절망과 슬픔 때문에 머리가 멍해졌다. 그러나 그런 중에도 작금의 소림사를 이 지경으로 만든, 그래서 그를 무림으로 끌어내고 사부와 사숙을 죽음으로 몰아넣은 한 인물의 이름이 머릿속에 인두로 지진 것처럼 또렷하게 새겨졌다.

그는 사부와 사숙을 끌어안은 채 눈물을 흘리며 두 눈을 이글거리면서 어금니를 악물었다.

"으드득……! 등룡신권이라고 했느냐? 내 반드시 네놈을 갈가리 찢어죽이고 말겠다!"

第五十八章

불장난

도무탄이 하북성의 방파와 문파를 방문하기 시작한 지 오늘로 나흘째다.

독고용강, 독고기상과 함께 셋이서 하북성 북부지역을 돌아다녔으며, 위험할지도 모르기 때문에 독고지연과 독고은한은 동행하지 않았다.

오늘은 네 번째 문파를 방문하는데 어제까지 방문했던 방, 문파 세 곳은 모두 포섭에 성공했다.

독고용강과 독고기상은 등룡신권을 직접 만날 수만 있다면 무조건 협력하겠다고 약속했던 방파와 문파로 도무탄을 안내했었다.

두 사람의 말마따나 그들 세 방, 문파의 수장은 도무탄이 등룡신권이라는 사실을 확인하자마자 두말할 것도 없이 협력을 약속했다.

아니, 협력 정도가 아니라 도무탄의 수하가 되겠다면서 충성을 맹세하는 것을 겨우 뜯어말렸다.

세 사람은 북경성에서 조금 멀리까지 왔다. 지금 도착한 곳은 북경성에서 동북쪽으로 백오십여 리 떨어진 평곡현(平谷縣)이라는 곳인데 이곳에 온 이유가 있다.

평곡현에는 수하나 문하제자를 백 명 이상 보유한 방, 문파가 열두 개이고 자질구레한 곳이나 무도관까지 합하면 오십여 군데 정도다.

인구가 오만여 명 정도인 것을 감안하면 많지도 적지도 않은 적당한 수준이다.

평곡현 제일방파는 월인방(月刃幫)이고 현 내의 세력 칠 할을 장악하고 있다.

제이의 문파는 진검문(振劍門)이라고 하고, 나머지 삼 할의 세력을 지니고 있다.

원래의 무림은 일개 성이나 현에 몇 개의 방, 문파가 있든지 서로 얽히고설킨 상태로 그저 평화롭게 지냈었다.

그런데 언제부턴가 무림에서는 각 지역의 패자로 군림하

는 방, 문파가 자신의 휘하로 세력을 모으기 시작했었다.

그 지역의 방, 문파들로부터 거센 저항이나 반발이 있었으나 패자는 회유와 강압으로 차례차례 세력을 키워 나갔다.

그런 일들은 구대문파가 위치해 있는 지역에서 최초로 일어났었다.

즉, 구대문파가 그 지역의 패자들을 조종하여 세력을 키우게 했던 것이다.

그렇게 최초로 맹도군이라는 것이 생겨났다. 각 지역의 패자는 구대문파의 막강한 지원을 받고 있으므로 두려운 것이 없었다.

평곡현 제일방파 월인방은 맹도군이고 하북성의 맹도군주인 뇌전팽가를 하늘처럼 떠받들고 있다.

월인방은 맹도군이면서도 소림사하고는 관계가 없으며 뇌전팽가에게만 충성을 하고 있다.

뇌전팽가가 월인방을 오늘날의 평곡현 제일방파로 만들어주었기 때문이다.

오늘 도무탄 일행이 찾아갈 곳은 바로 평곡현 제이의 문파인 진검문이다.

월인방은 근래에 들어서 갑자기 평곡현을 완전히 장악하기 위해서 현 내 세력의 삼 할을 보유하고 있는 진검문을 압박하기 시작했다는 것이다.

진검문은 월인방이 뇌전팽가를 등에 업고 있다는 사실을 알고 있기 때문에 뇌전팽가를 원수처럼 여기고 있다.

월인방은 자체의 세력만으로도 진검문을 절반 가까이 압도하는 정도다.

그래서 다른 방, 문파의 힘을 빌리지 않고서도 진검문을 멸문시킬 수 있다.

하지만 실제로 그런 일이 벌어진다면 진검문은 사력을 다해서 싸울 것이므로 월인방으로서도 심각한 피해를 면하기 어려울 것이다.

도무탄 일행이 늦은 오후 무렵 평곡현에 들어섰을 때 현 내의 분위기가 왠지 심상치 않았다.

독고기상이 지나는 행인 아무나 붙잡고 물어보고는 그 이유를 알게 되었다.

반 시진쯤 전에 월인방 방주가 전 수하를 이끌고 진검문에 찾아갔다는 것이다.

월인방주가 좋은 뜻으로 전 수하를 이끌고 진검문에 찾아갔을 리가 없다.

그것은 필경 진검문을 압박하거나 힘으로 멸문시키려는 의도가 분명하다.

평곡현 제일, 제이의 세력들이 일촉즉발의 상황이므로 현 내가 뒤숭숭할 수밖에 없다.

도무탄은 서둘렀다.

"서두릅시다. 싸움이 붙기 전에 진검문에 도착해야 합니다."

그런데 독고용강이 손을 들어 만류했다.

"무탄, 서두를 것 없네."

"무슨 말씀입니까?"

독고용강은 굳은 얼굴로 설명했다.

"말을 듣지 않는 아이는 불에 한 번 데어봐야지만 불이 뜨겁다는 것을 깨닫게 될 게야."

"……."

도무탄과 독고기상은 독고용강이 무슨 말을 하는 것인지 깨닫고는 말문이 막혔다.

독고용강의 말인즉 진검문이 월인방에게 한 번 된통 당해봐야지만 정신을 차리고 포섭에 응할 것이라는 뜻이다.

그렇지만 일단 싸움이 시작되면 필경 쌍방 간에 희생자들이 나오고야 만다.

방파 대 문파의 싸움이니까 승패가 결정 날 때까지 아무리 적게 잡아도 양쪽 다 합쳐서 족히 일이백여 명은 죽어야 할 것이다.

그전에 싸움을 중지시킨다고 해도 최소한 수십 명은 죽거나 다칠 터이다.

독고용강은 그런 상황이 되도록 내버려 두자고 하는데 그야말로 극약처방이다.

독고용강과 독고기상이 만나본 진검문의 문주는 굉장히 까다로운 인물이어서 다루기가 어려웠었다.

하지만 방금 독고용강이 제시한 방법대로 한다면, 그리하여 이쪽에서 월인방을 물리쳐 준다면 진검문은 감지덕지하여 무조건 포섭에 응할 것이다.

도무탄과 독고기상은 경직된 표정으로 서로의 얼굴을 쳐다보았다. 두 사람은 독고용강의 방법이 맞기는 하지만, 이 순간 그가 피도 눈물도 없는 냉정한 사람으로 보이는 것을 어쩌지 못했다.

도무탄은 그의 방법이 옳은지 어떤지 결론을 내리지는 못하지만 좋은 방법 같지는 않았다.

어찌 됐든 무고한 사람이 죽는 것은 막아야 한다는 것이 도무탄의 생각이다.

하지만 큰 처남의 의견이므로 아랫사람 된 도리로 톡 나서서 반대하는 것은 모양새가 좋지 않을 것 같아서 그냥 따르기로 했다.

그러면서 독고용강의 무영검가의 '독고모사' 라는 별명이 왜 생겼는지 알 수 있을 것 같았다.

  대로변에 면해 있는 진검문의 전문은 완전히 박살 나서 나뒹굴어 있었다.

  그리고 거리에선 많은 사람이 전문에서 멀찍이 떨어져 모여서 안쪽을 기웃거리는 모습이다.

  전문 안쪽 드넓은 마당은 시체 여러 구가 여기저기에 흩어져 있고 중상을 입은 자들이 꿈틀거리면서 흘려내는 애달픈 신음 소리가 듣는 사람의 고막을 후벼팠다.

  차차차창!

  "으아악!"

  "흐악!"

  그리고 많은 수의 무기끼리 부딪치는 요란한 소리와 처절한 비명성은 마당 너머의 여러 채 전각 뒤쪽에서 아련하게 들려오고 있었다.

  그때 거리 저쪽에서 달려온 세 사람이 진검문의 전문이 있던 곳을 통과하여 쏜살같이 안으로 들어갔다.

  세 사람은 도무탄과 독고용강, 독고기상이다. 천천히 걸어오다가 진검문 근처에 이르러 진검문 안에서 싸우는 소리와 비명 소리가 난무하자 달리기 시작한 것이다.

  도무탄은 넓은 마당을 가로질러 달리면서 재빨리 주위를

둘러보았다.

시체와 중상자를 포함해서 열대여섯 명이 여기저기 흩어져서 쓰러져 있는데 흑의 경장을 입은 자가 칠팔 명이고 나머지는 황의 경장을 입었다.

독고기상이 그걸 보고 설명했다.

"흑의는 월인방이고 황의가 진검문이네."

그렇다면 열대여섯 명 중에서 희생자가 절반씩이라는 거다.

"진검문은 문하제자가 백삼십여 명이고 월인방은 이백오십여 명일세."

마땅에 쓰러져 있는 희생자가 절반씩이라는 것은 쌍방의 실력이 비등하다는 의미다. 그러므로 수하의 수가 두 배 가까이 많은 월인방이 승리하리라는 것은 어느 누구라도 예견할 수 있다.

단, 그러기 위해서 월인방은 절반 가까운 수하를 잃어야만 할 것이다.

싸움은 독고용강과 독고기상이 예상했던 것보다 훨씬 더 심각하게 진행되고 있었다.

쾅차차차창!

"으아악!"

"크애액!"

전각 뒤쪽 진검문의 후원에서는 이백여 명이 한데 어울려서 치열한 격전을 벌이고 있었다.

전체가 크게 한 덩어리이며 그 속에서 적게는 서너 명, 많게는 십여 명이 수십 개의 작은 덩어리를 이루어서 싸우는 중이다.

아마도 넓은 마당에서 싸우다가 진검문이 이곳까지 밀려온 것 같았다.

장내에 진입한 도무탄이 봤을 때 반월처럼 휘어진 도를 사용하는 월인방 고수들이나 장검을 사용하는 진검문의 문하제자들은 쟁투십오급 초절일이삼의 최하위 등급인 삼급에서도 삼하급이나 잘해야 삼중급 정도 수준일 듯했다.

워낙 한데 뒤엉켜서 치열하게 싸우고 있는 상황이라서 어느 쪽이 얼마나 죽었는지 구별하기가 어려웠으나 한 가지 사실은 어렵지 않게 짐작할 수 있었다.

흑의를 입은 월인방이 압도적으로 우세했다. 물론 수적으로 우세한 것이다. 이런 식이라면 진검문이 반 시진 이상도 버티지 못할 것 같았다.

반 시진쯤 후에 진검문이 전멸해 있는 광경이 손에 잡힐 것처럼 예상되었다.

도무탄이 예상했던 것보다 싸움은 훨씬 더 치열했으며 진검문은 꽤 심각한 타격을 입은 것 같았다. 문하제자를 절반 이상 잃었다면 문파를 지탱하는 것 자체가 힘겨워질 수도 있는 일이다.

격전장 외곽에서 도무탄은 월인방의 방주를 찾기 위해서 두리번거렸다.

더 이상의 희생을 줄이려면 월인방주부터 죽이는 것이 최우선일 것 같았다. 독사라고 해도 대가리가 잘라지면 그것으로 끝이다.

"뭘 찾는 것인가?"

독고기상이 물었다.

"월인방주입니다."

독고기상은 도무탄의 의도를 깨닫고 재빨리 격전장을 두리번거리다가 한쪽 방향을 가리켰다.

"저기! 키가 크고 쌍도(雙刀)를 사용하는 자일세!"

독고기상이 가리킨 곳은 격전장 한가운데이며 그곳에서 키가 껑충 크고 양손의 쌍도를 낫질을 하듯이 휘두르고 있는 사십 대 인물이 월인방주였다.

타앗!

독고기상의 말이 끝나기도 전에 도무탄은 두 발로 힘껏 지면을 박차고 월인방주가 있는 방향 허공으로 비스듬히 솟구쳐 올랐다.

월인방주는 자신의 측근인 십여 명의 고수와 함께 진검문 주로 보이는 삼십 대 중반의 인물과 그의 측근 다섯 명을 맹공격하고 있다.

그런데 수적으로 진검문주 쪽이 월등하게 열세라서 계속 뒤로 밀리고 있는 중이다.

허공을 비스듬히 날아가고 있는 도무탄은 월인방주하고의 거리가 충분히 가까워지지 않은 십여 장의 거리지만, 지면에서 이 장 높이의 허공에서 오른 주먹을 쭉 뻗으며 격광에 권신탄을 실어서 발출했다.

고오―

퍽!

그의 오른 주먹에서 짙은 혈광이 번뜩이는 것 같더니 십여 장 밖에서 쌍도를 휘두르던 월인방주의 머리통이 산산조각 박살 나서 흩어졌다.

발출과 동시에 적중이다. 원래 권신탄은 무척 빠른데 그것을 격광에 실었으니 빛만큼이나 쾌속한 속도로 월인방주의 머리를 날려 버렸다.

월인방주와 함께 공격을 하던 월인방 고수들과 뒤로 밀리던 진검문주 쪽 여섯 명이 뚝 동작을 멈추더니 만면에 경악지색을 가득 떠올렸다.

가장 맹렬하게 쌍도를 휘두르던 월인방주의 머리가 갑자

기 폭발해 버렸으니 당연하다.

그들이 지켜보고 있는 가운데 머리가 없는 월인방주는 전진하던 여력에 의해 비틀거리면서 앞으로 몇 걸음 걸어가다가 풀썩 고꾸라졌다.

쿵!

월인방주가 졸지에 죽었으나 그 주변에서만 싸움이 그쳤을 뿐 다른 사람들은 그 사실을 모르고 여전히 치열하게 싸우고 있었다.

"멈춰라!"

그때 진검문주 등의 머리 위에서 진검문 전체를 무너뜨릴 듯 쩌렁한 외침이 터졌다.

도무탄이 싸움을 중지시킬 요량으로 권혼력의 힘을 빌어서 외친 것이다.

불문의 사자후와도 같은 대단한 위력이어서 싸우고 있던 모든 사람이 동작을 멈추고 괴로운 얼굴로 귀를 틀어막으며 비틀거렸다.

그러면서 그들은 두리번거리다가 허공중에서 머리를 아래로 한 자세로 아래를 향해 쏘아내리는 도무탄을 발견하고 크게 놀랐다.

척!

도무탄은 공중제비를 한 바퀴 돌고는 진검문주를 등지고

지면에 가볍게 내려섰다.

"어엇?"

"헛!"

진검문주 쪽도 도무탄 앞에 있는 월인방 쪽도 놀라서 반사적으로 후다닥 뒤로 몇 걸음 물러났다.

도무탄이 허공에서 웅혼하게 소리친 덕분에 싸움이 잠시 중지됐고 모두들 분분하게 진검문과 월인방 두 패로 마주 보고 갈라섰다.

땅바닥에는 시체와 중상자가 즐비했으며 그들이 흘린 피가 고여서 질퍽거렸다.

서 있는 사람 중에도 꽤 많은 인원이 여기저기 찔리고 베인 상처를 입어서 지혈을 시키면서 고통스러운 신음을 토해내느라 어수선했다.

진검문이나 월인방 사람들은 느닷없이 허공에서 뚝 떨어지듯이 지상에 내려선 도무탄이 월인방주를 죽였을 것이라고 짐작했다.

그가 대체 무슨 수법으로 월인방주를 죽였는지는 모르지만 굉장한 고수일 것이라는 생각이 들었다. 월인방주의 머리통을 박살 낸 것과 사자후 같은 고함을 지른 것만 봐도 짐작할 수 있다.

쌍방 간에 다 경악을 하고 있지만 졸지에 방주를 잃은 월인방 사람들의 충격이 훨씬 더 컸다. 그들은 일시에 싸울 의지를 잃어버렸다.

태산처럼 우뚝 선 도무탄은 월인방 사람들을 향해 손가락 하나를 세워 보이며 잔잔하지만 낭랑하게 말했다.

"한 번만 말하겠다. 월인방 사람들은 지금 즉시 도망치면 목숨은 건질 수 있을 것이다."

"너는 누구냐?"

월인방주하고 합세하여 진검문주 등을 공격했던 자 중에 우두머리로 보이는 텁석부리 수염투성이 인물이 경직된 얼굴로 물었다.

"알 필요 없다."

도무탄이 냉랭하게 내뱉자 우두머리, 즉 월인방 부방주는 평소 거친 성격을 참지 못하고 와락 인상을 쓰며 수중의 도를 치켜들었다.

"미친놈. 대가리에 피도 마르지 않은 새끼가 죽으려고 환장을 했구나."

부방주는 소위 자신의 눈으로 직접 관을 봐야지만 눈물을 흘리는 아둔패기다.

작은 연못에서는 물불 가리지 않는 성격이 용맹함일지 몰라도 바다에서는 만용이다.

그는 도무탄이 희멀끔하게 잘생긴데다 이십 세 남짓의 새파란 애송이인 것을 보고 그가 방주를 죽였다는 것은 말도 되지 않는다고 판단했다.

부방주가 볼 때 진검문을 조금만 더 밀어붙이면 항복할 것 같은데 이 시점에서 손을 털고 물러나는 것은 용납할 수가 없었다.

더구나 방주가 죽었으므로 이제는 자신이 방주의 자리에 오를 수 있다는 유혹을 떨쳐 내기 어려웠다.

부방주는 도무탄이 가만히 서 있는 것을 보고 자신의 짐작이 틀림없다고 여겨 회심의 미소를 짓더니 즉각 도를 휘두르며 덮쳐 갔다.

"애송아! 어서 목을 내밀어……."

빽!

부방주는 고함을 치며 덮쳐 가다가 갑자기 머리가 터져 버렸다. 도무탄을 향해 도를 휘두르며 달려가는 중이었으나 머리가 산산조각 나는 충격에 머리를 잃어버린 상체가 훌렁 뒤로 젖혀져서 두 발이 허공에 둥실 떠올랐다가 땅에 나자빠졌다.

"으으……."

"흐으으……."

조금 전에 월인방주가 죽는 것은 못 봤지만 지금 부방주의 머리통이 박살 나는 광경은 모두들 똑똑히 목격했다. 특히 월인방 수하들은 안색이 급변하여 자신도 모르게 주춤거리며 몇 걸음씩 물러났다.

그렇지만 여전히 도무탄이 어떤 수법을 전개했는지는 아무도 제대로 보지 못했다.

단지 오른손을 슬쩍 앞으로 내밀었을 뿐이고, 주먹에서 혈광이 번뜩이는 광경은 눈이 빠른 사람만이 간신히, 그것도 찰나지간 발견했다.

월인방주와 부방주가 연이어서 불귀의 객이 돼버리자 월인방 고수들은 어느 누구 할 것 없이 모두들 전의를 상실해 버렸다.

이제 월인방을 이끄는 자는 방주, 부방주와 함께 싸우던 당주급 몇 명이다.

그들은 대여섯 걸음 거리에 서 있는 도무탄을 쳐다보는 것조차도 오금이 저린 듯 다리를 부들부들 떨었다.

그때 월인방 고수 중에 몇 명이 옆 동료의 귀에 대고 뭐라고 속삭였다.

그런데 워낙 조용한 상황인데다 제 딴에는 속삭인다고 하지만 제법 큰 소리로 말하고, 또 여러 사람이 한꺼번에 말하니까 모두에게 다 들렸다.

그들의 어수선한 속삭임에 의하면, 도무탄의 용모로 미루어 그가 소문으로만 들었던 천하오룡의 '등룡신권'이 틀림없다는 것이다.

등룡신권이라는 말이 퍼지자 피아를 막론하고 모두들 혼비백산하여 당황했다.

그때 월인방과 진검문이 대치하고 있는 가운데 공간으로 그제야 독고용강과 독고기상이 달려오고 있었다.

도무탄 뒤에 서 있는 진검문주 등도 월인방 사람들이 등룡신권이라고 하는 말을 들었다.

그리고 때마침 독고용강과 독고기상이 달려오고 있으므로 진검문주 등은 두 사람과 등룡신권이 무슨 관계인지 궁금한 표정을 지었다.

그때 도무탄이 독고용강에게 급히 전음을 보냈다.

[큰형님, 저하고 아는 체하지 마십시오.]

독고용강은 무슨 뜻인지 즉시 알아차렸다. 이 일은 등룡신권이 하는 것이지, 무영검가가 개입했다는 사실을 월인방 사람들에게 드러내지 말라는 뜻이다.

독고용강은 즉시 독고기상의 팔을 잡고 진검문 고수들 속으로 스며들었다.

도무탄은 월인방 사람들을 물러가게 하려는 것에서 한 걸음 더 나아갔다.

"지금 이 순간부터 월인방은 없다."

도무탄은 거두절미하고 그렇게 말했다. 월인방 사람들만

이 아니라 진검문 사람들도 그게 무슨 뜻인지 단번에 알아차
리지 못했다.

도무탄의 목소리가 엄숙하고 차가워졌다.

"월인방을 해체하겠다."

비로소 무슨 말인지 알게 된 월인방 사람들 표정이 변하며
서로 쑥덕거렸다.

"한 시진 여유를 주겠다. 한 시진 후에 월인방에 가서 남아
있는 자들은 죽이겠다."

거창하게 엄포로 겁을 주는 것도 아니고 장황한 설교로 설
득하는 것도 아니다.

그냥 한 시진 동안 여유를 줄 테니까 정리해서 월인방을 떠
나라는 것이다.

그리고는 그 자리에서 꼼짝도 하지 않고 당당하게 서 있는
도무탄을 월인방 사람들은 멍하게 넋이 빠졌거나 질린 듯한
얼굴로 쳐다보았다.

진검문주는 자신의 옆으로 가까이 다가온 독고용강과 독
고기상을 쳐다보았다.

독고용강이 의미심장한 표정으로 가볍게 고개를 끄떡이자
진검문주는 비로소 그가 등룡신권을 데려왔다는 사실을 깨달
았다.

"하아……."

그의 입에서 자신도 모르게 안도의 한숨이 새어 나왔다. 그의 앞 세 걸음 거리에 우뚝 서 있는 등룡신권의 늠름한 뒷모습이 천신처럼 보였다.

조금 전까지만 해도 월인방주와 그의 측근들에게 합공을 당하여 목숨이 위태로웠는데, 지금은 진검문주 자신을 비롯하여 문하제자 모두가 무사할 뿐만 아니라 월인방 자체가 사라질 처지에 놓였다. 그것은 등룡신권이라는 쟁쟁한 한 사람의 위력이다.

그때 도무탄 앞에 서 있는 월인방 사람들 뒤쪽의 몇 명이 주위를 두리번거리면서 조심스럽게 슬금슬금 뒷걸음질을 쳐서 물러나기 시작했다.

그때까지 서로 눈치만 살피고 있던 월인방 사람들은 그것이 신호인 듯 여기저기에서 갑자기 몸을 돌려 전문 쪽으로 우르르 달려갔다.

그리고는 채 세 호흡이 지나기도 전에 도무탄 앞에는 단 한 명의 월인방 사람도 남아 있지 않았다.

이번 싸움으로 진검문은 삼십육 명이 죽었으며 부상자는 육십여 명에 달했다. 총 백삼십여 명 중에서 성한 사람은 삼십여 명에 불과했다.

부상자 육십여 명 중에서 목숨이 위태로울 정도로 심각한 중상을 입은 사람이 태반이라서 사망자는 더 늘어날 수밖에 없는 상황이다.

진검문주 진무검(振武劍) 추형단(秋亨旦)은 도무탄에게 감사의 예의를 취하고는 양해를 구하고 나서 자신이 직접 진두지휘하여 사망자들을 한곳에 모으고 뒤이어 부상자들을 보살폈다.

웬만한 부상자들은 전각 안으로 옮겼지만, 극심한 중상을 입은 사람들은 목숨이 경각에 처해 있어서 함부로 손을 대지도 못하고 쓰러져 있는 곳에서 자세만 편하게 해주는 게 고작이다.

문주 추형단은 현 내의 모든 의원을 다 데리고 오라면서 문하제자들을 보냈다.

하지만 의원들이 온다고 해도 중상자들을 살릴 수 있을지 의문이고, 생사의 문턱에 처해 있는 몇 명은 의원이 당도하기 전에 죽을 것 같았다.

가슴과 배가 깊고 길게 갈라져서 조각난 장기와 내장을 온통 상처 밖으로 쏟아낸 문하제자 한 명은 똑바로 누워서 창백한 안색에 피범벅이 된 손을 부들부들 떨며 추형단을 바라보았다.

"무⋯ 문주⋯⋯."

"당중(唐仲)아! 말하지 마라!"

"아아… 저… 저는… 죽는… 겁니… 까?"

"아니다! 내가 무슨 일이 있어도 너를 살리고 말겠다!"

당중이라는 수하의 피범벅 손을 움켜잡고 절규하는 추형단의 눈에서 굵은 눈물이 마구 쏟아졌다.

추형단은 말은 그렇게 하지만 그로서는 도저히 당중을 살릴 방법이 없다.

이 지경이 되었다면 그 어떤 명의가 온다고 해도 살릴 수 없을 것이다.

그것을 알기에 그의 마음이 갈가리 찢어졌다. 죽어가는 문하제자들을 살리기 위해서라면 그는 무엇이든지 할 수 있을 것이다. 그의 통한의 눈물과 보기 싫게 일그러진 표정만 봐도 알 수 있다.

추형단 옆에 서서 지켜보고 있는 독고용강은 또 다른 의미에서 가슴이 찢어지고 있다.

아이가 불에 손을 데어봐야지만 뜨거운 맛을 안다면서 월인방과 진검문의 싸움에 개입하지 말고 느지막이 가자고 말했던 사람이 그였기 때문이다.

그의 말 때문에 도무탄이 싸움에 늦게 개입했고 그로 인해서 죽지 않아도 됐을 진검문의 문하제자들이 죽었으며 또한 죽어가고 있는 것이다.

지금 그는 어떤 사실을 뼈를 깎는 듯이 깨닫고 있다. 아무리 훌륭한 계략일지라도 무고한 사람의 생명보다 중요하지는 않다는 진리를 말이다.

"문주, 비켜보시오."

도무탄은 추형단의 어깨에 가만히 손을 댔다.

추형단은 굵은 눈물을 흘리면서 그를 돌아보았다.

"내가 치료해 보겠소."

"그… 래주시겠소?"

몸을 일으키는 추형단의 눈에 일말의 기대가 어렸다. 그럴리는 없겠지만, 그는 도무탄에게 신선 같은 개세(蓋世)의 의술이 있기를 간절히 빌었다.

지금은 물에 빠져서 허우적거리다가 지푸라기라도 잡고 싶은 간절한 심정이다.

도무탄은 당중을 바닥에 똑바로 눕히고 갈라진 배 밖으로 흘러나온 내장을 조심스럽게 주섬주섬 안으로 정돈하여 집어넣었다.

"으으으……."

그 과정에 너무 고통스러운 나머지 당중은 몸을 부들부들 떨다가 정신을 잃어버렸다.

추형단과 독고용강 등은 당중이 죽은 것이라 생각했지만 그의 몸에 손을 대고 있는 도무탄은 아직 가느다란 생명줄이 남아 있음을 알고 서둘렀다.

그는 두 손바닥을 활짝 펼쳐서 당중의 갈라진 복부를 덮고 권혼력을 일으켰다. 손이 온통 피범벅이 돼버렸지만 개의치 않았다.

독고용강과 독고기상, 추형단과 진검문 사람들은 도무탄이 치료하는 모습을 긴장된 표정으로 지켜보았다.

스으으……

그때 도무탄의 두 손바닥이 밀착된 상처 부위에서 미약한 음향이 나면서 은은한 혈광이 뿜어졌다.

"아아… 저게 무슨 조화인가."

모두들 눈을 크게 뜨고 놀라면서 신기한 듯 그 광경을 주시했다.

도무탄은 두 손바닥에서 혈광을 뿜어내면서 상처를 부드럽게 쓰다듬었다.

이윽고 그는 손을 떼고 이번에는 가슴에 가로로 깊게 베인 상처를 쓰다듬었다.

방금 그가 쓰다듬은 배의 베인 상처는 권혼력에 의해서 다 붙었고 치료가 됐지만 피범벅이라서 사람들은 아직 알아차리지 못했다.

치료하는 시간은 그리 오래 걸리지 않았다.

약 열 호흡쯤 지났을 때 도무탄은 가슴에서 손을 떼고 일어섰다.

모두의 시선이 당중에게 집중됐다. 때마침 당중은 긴 한숨을 토해내면서 눈을 떴다.

"휴우……."

"당중!"

추형단이 기쁨의 탄성을 터뜨렸다.

"문주."

당중이 깜짝 놀라는 듯하더니 부스스 일어나자 추형단은 소스라치게 놀라서 만류했다.

"당중! 일어나면 안 된다!"

"저는 괜찮습니다, 문주."

당중은 아무렇지도 않은 듯 일어나서 두 손을 벌려 보였다. 움직이기만 해도 갈라진 배에서 내장이 쏟아졌었는데 지금은 멀쩡했다.

당중 자신도 놀라서 두 손으로 배를 쓰다듬었다. 내장이 만져지기는커녕 배에 흠뻑 묻어 있는 핏물만 철벅거렸다. 뿐만 아니라 도대체 어디에 상처가 있었는지조차 찾아낼 수가 없었다.

"너… 이게 대체 어떻게……."

추형단은 놀라서 당중의 배와 가슴을 직접 만지고 살펴보더니 망연자실한 표정이 되었다.

"다른 부상자를 봅시다."

약간 떨어진 곳에 누워 있는 다른 중상자를 향해서 걸어가는 도무탄을 쳐다보면서 추형단과 모두는 경악하며 믿을 수 없다는 표정을 지었다.

第五十九章

불가항력

등룡기

도무탄은 독고용강, 독고기상과 함께 평곡현 외곽에 위치한 월인방으로 달려갔다.

그런데 월인방은 폐가처럼 을씨년스럽게 텅 비어 있었다. 등룡신권을 두려워한 월인방 수하들은 한 명도 남김없이 자신들의 짐을 챙겨서 떠나 버렸기 때문이다. 하다못해 숙수나 하인조차 한 명도 보이지 않았다.

도무탄은 월인방을 샅샅이 살펴보고는 다시 진검문으로 돌아왔다.

"대협!"

진검문의 박살 난 전문 밖 거리에 나와서 초조하게 기다리고 있던 추형단은 거리 저만치에서 걸어오고 있는 도무탄과 독고용강, 독고기상을 발견하고는 기쁘게 외치며 한달음에 달려가서 맞이했다.

도무탄은 월인방과의 싸움에서 부상을 입은 진검문 문하 제자를 한 명도 남김없이 모두 깨끗이 치료해 주고 나서 월인방에 다녀오는 길이다.

추형단은 싸움 이후의 잡다한 일들을 정리하라고 측근들에게 지시한 이후 전문 밖에 나와서 줄곧 도무탄을 기다리고 있었다.

그는 도무탄이 월인방에 들렀다가 그대로 가버릴지도 모른다는 불안감에 마음이 조마조마했었다.

"어서 오십시오."

추형단은 도무탄이 돌아왔다는 사실이 기뻐서 월인방에 대해서 묻는 것마저 잊어버렸을 정도다.

"드시지요."

박살 난 문이지만 추형단은 전문에서 옆으로 비켜서서 공손히 안을 가리켰다.

추형단은 도무탄이 월인방주와 부방주를 죽이고 진검문을 구해주었을 때보다 훨씬 더 공손했다.

죽어가는 문하제자들을 비롯하여 부상을 당한 육십여 명을 도무탄이 일일이 다 치료해서 살려냈기 때문이다.

그가 치료하는 모습을 추형단은 처음부터 끝까지 옆에서 지켜보았다.

단 한 명도 대강대강 허투루 하지 않고 정성을 다 쏟는 모습을 보고 추형단은 큰 감명을 받았었다.

또한 부상자들을 그냥 살려낸 것이 아니라 아예 말짱하게 새로 태어난 것처럼 치료를 했다.

진검문과 문하제자들을 구해준 것도 그렇지만, 추형단은 도무탄의 신적인 절학과 의술에 탄복했으며, 더욱 마음을 뺏긴 것은 그의 정의로운 행동 때문이었다.

언행 하나 흐트러짐 없이 단정했으며, 비록 적이라고 해도 월인방 수하들을 쓸데없이 죽이지 않고 방주와 부방주만 죽여서 월인방을 해체한 것만 봐도 그가 생명을 중히 여기는 대인배임을 알 수 있다.

그런 여러 가지 이유 덕분에 추형단은 도무탄에게 흠뻑 매료되었다.

그는 자신이 지금까지 살아오고 또 무공을 익힌 이유가 도무탄을 만나기 위해서였다고 생각할 정도다.

"도 대협의 말씀이라면 이 추형단 지옥이라도 서슴없이 뛰어들겠습니다."

추형단은 앉아 있는 도무탄 앞에 부동자세로 우뚝 서서 진심어린 표정으로 자신의 심정을 토로했다.

실내에는 추형단의 측근이 몇 명 있지만 그들은 추형단이 지금처럼 누군가를 진심으로 존경하고 또한 최고의 공손한 태도를 보이는 모습을 처음 보았다.

측근들이 봐온 추형단은 대쪽 같은 성품의 소유자여서 남에게 자신을 낮춘다는 것은 있을 수도 없는 일이었다.

독고용강과 독고기상은 지난번에 자기들끼리만 찾아왔을 때 더할 수 없이 깐깐하게 굴었던 추형단의 모습이 생각나서 저절로 입가에 쓴웃음이 떠올랐다.

"앉으시오, 추 문주."

도무탄은 추형단에게 의자를 가리켰다.

추형단이 조심스럽게 의자에 앉은 후에 도무탄은 자신의 옆에 나란히 앉은 독고용강과 독고기상을 가리키면서 조용한 어조로 말했다.

"추 문주께선 앞으로 여기 두 분을 따르도록 하시오."

"혹시 무영검가의 두 자제분은 도 대협의 수하입니까?"

"그건 절대 아니오."

추형단이 불쑥 묻자 도무탄이 당황하여 급히 손을 저었다.

추형단으로서는 그렇게 물을 수 있다. 도무탄처럼 훌륭한 인물이 독고가의 형제와 함께 다니기 때문이다.

독고용강은 정중히 포권을 하며 말했다.

"우린 도 대협과 뜻을 같이하고 있소."

추형단은 진지한 표정을 지었다.

"그 뜻이라는 것을 다시 한 번 자세히 들어봅시다."

독고기상의 긴 설명이 끝나고 나서 추형단은 도무탄을 보며 말했다.

"구대문파들이 있는 서무림(西武林)을 상대하기 위해서 무림의 동쪽, 그러니까 동무림(東武林)의 맹주로 무영검가를 추대한다는 것이로군요."

그의 '서무림'이라는 말을 듣고 보니까 과연 구대문파들은 모두 서쪽에 위치해 있었다.

그러니까 '서무림'이라고 하는 게 옳다. 반면에 그에 맞서는 무영검가는 중원의 동쪽 끝인 하북성 북경성에 있으니까 이쪽을 '동무림'이라고 불러야 맞다.

"그렇소."

"그것은 도 대협의 뜻입니까?"

"그렇소."

"도 대협께선 우리 진검문이 무영검가의 휘하에 들기를 원하십니까?"

도무탄은 손을 저었다.

"그게 아니오. 주종(主從)의 관계가 아니라 동맹(同盟)의 수평관계를 맺으라는 것이오."

"수평… 관계라고 하셨습니까?"

"무영검가가 동무림의 맹주이기는 하지만 우두머리나 주인이라는 뜻이 아니오."

추형단은 이해하기 어렵다는 표정을 지었다.

"그럼 뭡니까?"

맹주라면 무조건 주인이고 거기에 복속된 방, 문파들은 수하이며 종이라는 것이 지금까지의 상식이었다.

"맹주는 대표일 뿐이오."

"대표?"

"동무림의 방파와 문파 백 곳이 모이면 백 개의 목소리가 날 텐데 그것을 수렴하여 하나로 조율하는 것이 대표의 역할이오."

"아……."

추형단은 무슨 뜻인지는 알아들었지만 과연 무영검가의 가주 독고우현이 맹주가 되고 나서 그렇게 할 수 있을지 못미더운 표정이다.

독고우현이 협객이고 공명정대한 대인배라는 소문은 익히 들어왔다.

그러나 추형단 자신이 직접 확인한 적이 없는 그런 소문만
으로 자신을 비롯한 진검문과 평곡현의 방, 문파들을 통째로
맡기는 것은 어렵다.

"도 대협께서 맹주가 되는 것은 어떻겠습니까?"

추형단은 말을 에둘러서 하는 성격이 아니라서 아예 대놓
고 그렇게 말했다.

이곳에 무영검가의 두 아들 독고용강과 독고기상이 있지
만 그는 개의치 않았다.

그러나 실상 독고용강과 독고기상 역시 동무림의 맹주는
도무탄이 맡아야 한다고 생각했다.

두 사람은 마음속 깊이 부친을 존경하고 있지만, 존경심만
으로 부친을 지지할 수는 없다.

현재 전면에 나서서 온몸으로 현실과 부딪치면서 싸우고
설득하며 동무림을 결성하고 있는 사람은 다름 아닌 도무탄
이고, 부친은 주위의 이목 때문에 꼼짝도 하지 못하고 있는
형편이다.

그리고 도무탄이 동무림의 맹주가 되기를 원하는 추형단
같은 사람이 예상외로 꽤 많다는 사실을 두 사람은 잘 알고
있다.

그뿐만 아니라 무림에서의 명성이나 무공 역시 도무탄이
독고우현보다 압도적으로 높다.

어느 것을 비교해 봐도 맹주의 지위에는 도무탄이 앉아야
마땅할 것이다.

"여러 가지 이유 때문에 그것은 불가하오."

도무탄은 고개를 가로저었다.

"무슨 이유 때문인지 말씀해 줄 수 있습니까?"

추형단은 물러서지 않고 집요했다.

"첫째, 내가 맹주가 되면 구대문파와 맹도군의 집중 공격
을 받게 될 것이오."

"그야⋯⋯."

도무탄은 추형단이 말하려고 하는 것을 손을 저어서 막으
며 계속 설명했다.

"저들 구대문파의 맹은 칠십여 년이나 됐기 때문에 모든
면에서 탄탄하오. 하지만 우리가 세울 맹은 아직 어머니 뱃속
에서 태어나지도 않았소. 그런 상황에 구대문파에서 이를 갈
고 있는 내가 맹주의 지위에 오른다면 저들이 가만히 있을 것
같소?"

도무탄의 말이 옳아서 추형단은 마땅히 항변할 말을 찾지
못했다.

"둘째, 나는 아직 젊은 탓으로 여러 면에서 부족한 점이 많
소. 무공은 뛰어난지 모르지만 수양이나 인덕이 모자라서 가
끔 일을 그르치기도 하오."

추형단과 독고용강 등은 자신들이 미처 생각하지 못했던 것이라서 적잖이 놀라는 표정을 지었다.

"실제로 나는 이따금 젊은 혈기를 참지 못해서 돌이킬 수 없는 일을 저지르기도 했었소. 그것 때문에 주위 사람들을 위험에 빠뜨리기도 했었는데, 그러고 나서 뼈저리게 후회를 했지만 아직도 그걸 고치지 못했소."

그의 진심 어린 고백에 좌중은 모두 크게 공감했다. 젊다는 것은 위험하다는 것과 어느 면에서 일맥상통한다는 사실을 잘 알기 때문이다.

"그렇지만 무영검가의 가주께서는 그 어느 현인(賢人)보다도 훌륭한 인품을 지니고 계시오. 그러므로 이런 분이 맹주가 되면 나는 그 아래에서 충심으로 백의종군(白衣從軍)할 각오를 갖고 있소."

그가 많은 점에서 독고우현보다 월등하게 뛰어나지만 정작 맹을 이끌어 가는 데 중요한 인성(人性)만큼은 독고우현하고 비교가 되지 않는다는 것을 모두들 인정했다.

"뿐만 아니라 나는 내 자신의 일이나 맹의 일 등 할 일이 매우 많은데, 맹주가 되면 자리를 지켜야 하기 때문에 손발이 묶이게 되오. 여러분, 잘 드는 칼을 녹이 슬도록 방치하는 것은 옳지 않소."

그의 말에 모두들 크게 고개를 끄떡였다. 추형단은 도무탄의 몇 마디 말에 쉽사리 설득을 당하고 있는 자신의 모습이 믿어지지 않았다. 그러나 그의 말에 반박할 말이 한마디도 없었다.

도무탄은 마지막 말로 못을 박았다.

"만약 유비와 조자룡이 일대일로 싸움을 한다면 누가 이길 것 같소?"

물어볼 것도 없이 조자룡이 이길 것이다.

"나는 조자룡이고 무영검가의 가주께선 유비 현덕이시오. 만일 조자룡이 군주가 된다면 얼마나 웃기는 일이겠소?"

결국 그 말에는 추형단을 비롯한 모두들 입이 열 개라도 할 말이 없게 되었다.

대화를 나누는 중에 밤이 이슥해졌기에 도무탄과 독고 형제는 오늘 밤에는 진검문에서 묵기로 했으며, 추형단은 진심으로 기뻐했다.

일행은 늦은 저녁 식사에 술을 곁들여 하면서 이런저런 대화를 나누었다.

이들은 주로 평곡현 일대의 월인방 휘하였던 방파와 문파들을 진검문이 어떤 방법으로 끌어들이고 또 결속을 하느냐는 것에 대해서 많이 얘기했다.

"월인방이 해체되었으니까 이제 평곡현에서 제일문파는

진검문 아니오?"

"그렇소. 하지만 그들 모두를 하나로 묶으려면 시일이 좀 걸릴 것 같소."

독고기상의 물음에 추형단은 잠시 생각하다가 진중하게 대답했다.

"평곡현 일대의 방, 문파 칠 할이 월인방을 따랐었는데 월인방이 사라졌다고 해서 하루아침에 본 문을 따르지는 않을 것이오."

"등룡신권이 월인방을 해체했으며 진검문을 지지하고 있어도 말이오?"

추형단은 고개를 끄떡였다.

"그렇소. 하지만 그 사실이 매우 큰 힘이 되어줄 것으로 기대하고 있소."

그는 도무탄의 잔이 비니까 얼른 공손히 술을 따르고 나서 말을 이었다.

"원래 평곡현의 삼 할은 본 문을 따랐었고, 도 대협께서 월인방을 봉문하셨다는 소문이 파다하게 퍼질 테니까 그 여세로 삼, 사 할이 본 문 휘하로 편입이 될 것 같다는 생각이오. 그러나 문제는 나머지 삼, 사 할이오. 내 생각에 그들을 끌어들이려면 어느 정도의 강압이 필요할 것 같소."

"음. 결국 나머지 삼, 사 할은 힘으로 굴복시킬 수밖에 없겠군요."

독고기상이 고개를 끄떡이는 것을 보고 뜻밖에도 도무탄은 손을 내저었다.

"그건 좋지 않은 것 같습니다."

"어째서……."

도무탄이 독고기상에게 깍듯한데도 그는 어눌하게 말을 받았다. 추형단 등에게 도무탄이 매제라는 사실을 밝히지 않았기 때문이다.

"힘으로 굴복시키는 방법은 월인방하고 다를 게 없습니다. 그런 식이라면 월인방 자리에 진검문이 대신 앉은 것이나 같습니다."

추형단이 도무탄의 말에 강하게 공감하면서 힘껏 고개를 끄떡였다.

"도 대협의 말씀을 들으니까 과연 그렇군요. 월인방은 평곡현의 방, 문파들을 거의 힘으로 굴복시켰습니다. 그런데 본 문이 또다시 월인방의 전철을 밟는 것은 옳은 방법이 아닌 것 같습니다. 본 문은 월인방하고는 다르고 싶습니다. 힘으로 내리누르는 것도 사실 제 방식이 아닙니다. 그렇다면 어떻게 하면 좋겠습니까?"

"우선 추 문주가 나머지 삼, 사 할의 방, 문파에 운을 떼어 보시오."

"운입니까?"

"아울러서 우리가 나눈 대화를 그들에게도 자세히 설명해 주시오."

추형단은 뜻밖이라는 표정을 지었다.

"그런 것까지 설명해야 합니까?"

"그렇소. 그들만이 아니라 평곡현의 모든 방, 문파와 무도 관에도 빠뜨리지 말고 설명해 주시오."

추형단은 이해할 수 없다는 표정을 지으면서 고개를 모로 꼬았다.

"왜… 그래야 합니까?"

도무탄은 엷은 미소를 지었다.

"왜 싸우는지 아는 군사와 그것을 모르는 군사가 싸우면 누가 이길 것 같소?"

"아……."

싸우는 목적을 알고 이해하는 군사라면 온힘을 다 쏟아서 싸울 것이다.

반면에 왜 싸우는지 이유를 모르는 군사라면 몸을 사리고 대강대강 싸울 것이 분명하다.

"월인방에 종속된 방, 문파들은 여태껏 월인방에 정기적으 로 돈을 바쳤을 것이오."

"그렇습니다. 월인방이 여러모로 도움을 준다는 명목으로 돈을 거두었습니다."

독고기상이 말을 받았다.

"월인방은 그 돈을 거두어서 일부는 자신들이 먹고 나머지를 뇌전팽가에 상납하지 않았소?"

추형단은 고개를 끄떡였다.

"하북성 전역에서 뇌전팽가 휘하에 든 방, 문파들이 월인방처럼 일정액의 돈을 상납하는 것으로 알고 있소."

"그렇게 모아진 돈을 뇌전팽가는 소림사에 상납해 왔소. 그런 식으로 천하의 방, 문파들이 구대문파에 돈을 상납해 왔던 것이오."

도무탄이 정리했다.

"그런 사실도 모두에게 자세히 말해주시오. 그리고 진검문은 앞으로 평곡현 내의 방, 문파들에게 일절 돈을 받지 않는 것이 좋겠소."

추형단은 움찔하고는 물었다.

"왜 그래야 합니까?"

"진검문이 월인방에게 복속되어 그들에게 돈을 바친다고 상상해 보시오."

추형단은 눈을 껌뻑거리더니 잠시 후 이해한다는 듯 고개를 끄떡였다.

"그렇군요."

역지사지(易地思之). 상대와 입장을 바꿔서 생각을 해보면 금세 알 수가 있다.

진검문은 이 날까지 어느 누구에게도 돈을 상납해 본 적이 없었다. 그런데 도무탄의 말을 듣고 그런 상상을 해보니까 기분이 정말 더러웠다.

어째서 내가 힘들여 번 돈을 남에게 바쳐야 하는지 상상하는 것만으로도 성질이 났다.

추형단이 그런 기분이라면 돈을 상납하는 모든 방, 문파도 같은 기분일 것이다. 피 같은 돈을 바치는데 기분이 좋을 리 없을 터이다.

"알겠습니다. 본 문은 평곡현의 어떤 방, 문파에게도 돈을 받지 않겠습니다."

추형단은 독고 형제를 쳐다보았다.

"그러므로 본 문은 무영검가를 맹주로 모시더라도 돈을 상납하지 않을 것입니다."

독고기상은 미소 지으며 고개를 끄떡였다.

"준다고 해도 받지 않을 것이오."

무영검가는 해룡방이 북경성에서 벌이는 여러 사업과 점포에 깊이 관여하고 있으며, 거기에서 매월 거액의 수입이 들어오고 있다.

또한 도무탄이 일을 시작하기 전에 수억 냥의 은자를 주었

으므로 무영검가는 지난 수십 년 동안 빠져 있었던 극심한 재
정난에서 단번에 벗어났으며, 앞으로도 돈 걱정은 하지 않아
도 될 터이다.

도무탄은 추형단에게 넌지시 물었다.

"문파를 꾸려나가는 데 뭐가 제일 어렵소?"

추형단은 뜬금없는 질문에 의아한 표정을 지었다가 곧 씁
쓸하게 웃었다.

"물론 돈이지요."

원래 방파는 점포나 사업을 하기 위해서 무사들에게 일정
한 녹봉을 주고 모집을 하여 이루어진 조직이다.

반면에 문파는 자파의 무술을 제자들에게 가르쳐 주고 매
월 일정액의 수업료를 받아서 꾸려 나가기 때문에 방파와 문
파는 존립 목적 자체가 확연히 다르다.

문파가 수업료를 많이 책정하면 그것이 부담되어 제자들
이 떨어져 나가는 현상이 일어난다.

반대로 적게 책정하면 문파가 재정적 곤란을 겪기 때문에
그것을 해결하기 위해서 작금에는 문파들도 점포를 운영하거
나 이것저것 사업에 손을 대기도 한다.

하지만 본격적인 사업으로 돈을 긁어모으는 방파와 근근
이 부업을 하는 문파는 규모나 수입 면에서 현격한 차이가 날
수밖에 없다.

도무탄은 잔잔한 목소리로 말했다.

"앞으로는 진검문과 그 휘하의 여러 방, 문파가 돈 걱정을 하지 않고 무공수련과 동무림의 일에만 신경을 쓰면서 이끌어 나갈 수 있도록 무영검가에서 몇 가지 사업을 알선해 줄 것이오."

"그게 무슨 말씀입니까?"

추형단과 그의 측근들은 놀라서 눈을 크게 떴다. 만성적인 자금난을 해결해 주겠다는 말에 기쁘면서도 한편으로는 어리둥절했다.

독고기상은 빙그레 미소 지으며 도무탄을 가리켰다.

"추 문주는 이 사람이 해룡방주 무진장이라는 사실을 설마 잊기라도 하셨소?"

"아……."

추형단이 깜짝 놀라 탄성을 터뜨리자 도무탄은 고개를 끄떡이며 미소 지었다.

"조만간 진검문에 내 휘하의 사람을 보내서 어떤 사업이 적합한지 알아보게 하겠소."

추형단 등의 얼굴에 기쁜 기색이 피어났다.

"그래주시겠습니까?"

"점포나 사업을 운영하여 거기에서 이익이 생기면 서로 불만이 생기지 않도록 적절하게 분배하도록 하겠소. 그렇게 하면 진검문이나 평곡현의 방, 문파들은 돈의 압박을 받지 않게 될 것이오."

추형단과 측근들은 이게 꿈인지 생시인지 모르겠다는 표정을 지었다.

일이 이쯤 되면 그들에게 도무탄은 그 무엇으로도 비교할 수 없는 대은인(大恩人)인 셈이다.

월인방으로부터 진검문을 구해주고 죽어가는 문하제자들을 살려주었으며, 평곡현의 제일문파로 만들어주었을 뿐만 아니라 앞날까지도 탄탄하게 보장해 주는 것이므로 도무탄이야말로 하늘같은 존재인 것이다.

그리고 도무탄이 동무림을 결성하여 무림을 구대문파의 속박에서 벗어나게 해주려는 것에 대해서는 두말할 나위도 없다.

그런데 아까부터 독고용강은 아무 말도 하지 않고 우울한 얼굴로 술만 마시고 있었다.

자신의 고집 때문에 진검문이 돌이킬 수 없는 피해, 즉 삼십여 명의 문하제자가 죽음을 당한 것에 대해서 가책을 느껴서 괴로워하고 있는 것이다.

모두탄과 독고기상은 그가 왜 그러는지 짐작을 하기에 가만히 내버려 두었다.

지금 같은 상황에서는 어떤 말로도 그를 위로할 방법이 없기 때문이다.

추형단 등은 도무탄과의 대화가 중요한 터라서 독고용강에게 신경을 쓸 겨를이 없었다.

그때 밖에서 웅혼한 고함 소리가 터졌다.

"이곳에 등룡신권이 있는가?"

도무탄 등은 아닌 밤중의 호통성에 의아한 표정을 지으며 우르르 밖으로 달려나갔다.

캄캄한 마당에 한 사람이 우뚝 서 있었다.

도무탄과 독고기상, 추형단 등이 나오고, 문하제자들이 관솔불을 들고 주위를 환하게 밝혔다.

"귀하가 등룡신권인가?"

마당에 서 있는 인물은 밖으로 나온 사람들을 차례로 살펴보더니 도무탄에게 시선을 고정시키고 물었다.

그는 오십 대 초반의 나이로 보였으며, 한 자루 대도를 왼손에 움켜쥐고 붉고 푸른색이 섞인 장삼을 입었는데, 기골이 장대한 체구에 거친 수염이 한 뼘쯤 난 용맹하고도 호탕한 용모다.

"그렇소. 내게 볼일이 있소?"

도무탄이 고개를 끄떡이자 초로인은 발을 약간 들어 지면을 쿵! 하고 내리찍으며 말했다.

"나는 상산(常山)의 분광신도(分光神刀)라고 한다. 귀하 등룡신권에게 결투를 청한다!"

스스로 분광신도라고 밝힌 초로인은 대도를 들어 똑바로 도무탄을 가리키며 범이 포효를 하는 듯 우렁우렁한 목소리로 말했다.

단지 발로 땅을 가볍게 찍었을 뿐인데 지축이 우르르 울려서 도무탄 등의 몸이 가볍게 흔들렸다. 그것만 봐도 그의 무위가 범상하지 않음을 짐작할 수가 있다.

"분광신도……."

"맙소사……."

도무탄 좌우에 서 있는 독고기상과 추형단 등이 나직하게 신음을 흘렸다.

도무탄은 독고기상에게 물었다.

"아는 사람입니까?"

독고기상은 분광신도에게 시선을 고정시킨 채 무거운 얼굴로 나직이 설명했다.

"쟁천십오급의 절상고수일세. 강남무림 호북성에서는 무적으로 군림하고 있으며 오래전부터 천하를 주유하면서 호적수를 찾아내서 싸우는 이른바 '생사쟁투(生死爭鬪)'를 즐기는 인물이야."

"생사쟁투?"

"내가 죽거나 상대가 죽을 때까지 싸우는 것을 생사쟁투라고 한다네."

"음."

"무림에는 생사쟁투만을 천직으로 삼고 있는 고수가 꽤 많은데 그들을 '쟁투사(爭鬪士)'라고 부르네. 분광신도는 쟁투사로 유명하다네. 아마도 그는 지금까지 수백 명을 죽였을 게야."

독고기상의 설명을 들은 도무탄은 생사쟁투라는 것이 무의미, 무가치하다는 생각이 들었다. 목적이 싸우는 것이기 때문이다.

싸움이란 어떤 목적을 쟁취하기 위한 수단이 되어야지 싸움이 목적이 되면 수단을 위해서 수단을 발휘하는 이상한 상황이 돼버린다.

세상천지에 수단을 위해서 싸우는 얼빠진 사람이 어디에 있다는 말인가.

독고기상이 더욱 목소리를 낮춰서 속삭였다.

"분광신도는 수십 년 동안 수백 차례 생사쟁투를 벌였지만 단 한 번도 패하지 않았으며 싸운 상대는 반드시 죽었다고 하네."

그의 목소리는 비록 작았으나 좌중이 조용한데다 또 모두들 무림고수라서 분광신도를 비롯하여 그의 말을 듣지 못한 사람은 아무도 없다.

독고기상은 극도로 긴장된 표정으로 도무탄의 팔을 아무도 모르게 가만히 잡아당겼다.

"절대로 싸우지 말게. 자네가 안 싸우겠다고 버티면 저자가 어쩌겠는가?"

도무탄도 그럴 생각이다. 두렵기보다는 목적도 없는 바보 같은 싸움을 할 이유가 없다.

그런데 분광신도가 도무탄을 똑바로 주시하며 조용하지만 힘이 실린 목소리로 말했다.

"내가 죽이겠다고 무조건 공격을 하면 너는 싸울 수밖에 없을 것이다."

분광신도가 싸움을 이끌어내는 방법은 간단하면서도 대단히 효율적이다.

무작정 죽이겠다고 맹공을 퍼붓는데 반격을 하지 않으면 결국 죽기밖에 더하겠는가.

분광신도의 말에 도무탄은 이자하고 싸울 수밖에 없음을 깨닫고 어이없는 표정을 지었다.

도무탄은 무림인이 되려고 작정을 한 이후 많은 사실을 경험하고 또 깨달았다.

그중에서도 가장 큰 교훈이 불가항력(不可抗力)이라는 것이 존재한다는 사실이다.

예전에 돈을 벌기 위해서 아등바등거리던 시절에는 수많은 난관이 있었으나 모두 그의 능력으로 해결할 수 있는 것이었다.

그러나 무림은 판이하게 달랐다. 그의 능력 밖의 것이 수두룩했다.

그것을 해결하고 싶은 마음은 간절하지만 능력이 그것에 미치지 않아서 답답할 때가 한두 번이 아니었다.

예전에는 그런 불가항력의 것들이 존재한다는 사실조차도 모르고 있었다.

해룡방주 무진장이었던 시절의 그는 무엇이든지 손만 대면 성공시키며 불가능이라는 것을 몰랐었다.

지금 이런 상황이 바로 그렇다. 아무런 이유도 목적도 없는 이따위 싸움을 피하고 싶지만, 결국 싸울 수밖에 없는 상황이 돼버렸다.

그것 때문에 그는 은근히 화가 치밀었다. 생판 일면식도 없는 인물이 순전히 자신의 취미 때문에 그를 생사쟁투로 끌어들이고 있는 것이다.

第六十章

마인불패(魔人不敗)

보름달이 휘영청 떠 있는 한밤중이다.

도무탄과 분광신도는 진검문에서 오 리쯤 떨어진 어느 강가에 서로 마주 보고 대치했다.

절정고수들끼리 싸우다 보면 진검문이나 다른 사람들에게 피해를 줄 수도 있기 때문에 도무탄이 한적한 장소로 옮기자고 제의했고 분광신도는 순순히 따라왔다.

이곳 강가는 주위에 크고 작은 바위가 어지럽게 난립했으며 바닥은 온통 자갈밭이다.

도무탄은 분광신도를 쳐다보며 태연하게 말했다.

"나는 원래 쓸데없이 헛수고하는 것을 싫어하는 성격이오. 그러니까 내가 이 싸움에서 이긴다면 뭔가 얻는 것이 있어야 하오."

그는 싸울 수밖에 없다면 이 싸움에 어떤 의미라도 부여하고 싶어서 그렇게 말했다.

"네가 이기면 날 죽여라."

분광신도는 간단하게 대꾸했다.

"당신이 죽는 것이 내게 무슨 이득이오?"

분광신도는 생사를 걸고 싸우는 마당에 이득을 따지는 놈을 처음 봤기에 대답이 궁해졌다. 빨리 싸우고 싶은 그는 대수롭지 않게 내뱉었다.

"뭘 원하느냐?"

"뭘 줄 수 있소?"

"내 목숨."

분광신도는 패하면 죽을 각오이기 때문에 아무렇지도 않게 대답했다.

도무탄은 분광신도의 목숨 같은 것에는 흥미가 없으므로 손을 내저으려다가 퍼뜩 어떤 생각이 떠올라서 빙그레 미소를 지었다.

"당신이 패하면 내 수하가 되시오."

분광신도를 어디에 요긴하게 쓸데가 생각난 것이다.

"수하?"

분광신도는 눈살을 찌푸렸다. 자신이 누군가의 수하가 될 거라는 생각은 한 번도, 아니, 잠깐이라도 해본 적이 없었으므로 은근히 부아가 치밀었다.

"무슨 헛소리냐?"

분광신도 같은 인물은 죽는 것은 겁나지 않아도 남의 수하가 되는 것은 말도 되지 않는 일이다.

"겁나면 그만두시오."

"누가 겁이 난다는 것이냐?"

도무탄은 일부러 그를 화나게 만들었다. 소위 삼십육계의 격장지계(激將之計)다.

분광신도는 앞뒤가 꽉 막혀서 융통성이 없거나 무식한 사람이 아니다. 오히려 강호의 경험이 풍부하고 생각이 매우 깊은 성격이다.

그렇기에 그는 자신이 무조건 도무탄에게 이긴다고 확신하지 않았다.

등룡신권에 대한 소문이 워낙 대단하기 때문이다. 강호에 퍼져 있는 등룡신권에 대한 소문이 전부 사실이라면 분광신도가 이길 가능성보다는 패할 확률이 더 높다.

그것 때문에 그는 겁이 나기보다는 무엇으로도 끌 수 없는 호승심의 불길이 거세게 활활 타올랐다.

그는 지금껏 천하를 주유하면서 자신보다 고강한 적수를 만난 적이 없었다.

만약 그런 일이 있었다면 그는 그 싸움에서 죽었을 가능성이 크다.

분광신도처럼 광적으로 무도(武道)를 추구하는 쟁투사들은 자신보다 고강한 적수의 손에 죽는 것을 무상의 영광이며 삶의 목적이라고 생각한다. 그게 무서웠다면 애초에 쟁투사가 되지도 않았을 것이다.

"좋다. 내가 패하면 아예 너의 종이 되겠다."

분광신도는 고개를 끄떡이며 한술 더 떴다. 하지만 속으로는 그런 일은 절대 일어나지 않을 것이라고 생각했다.

만에 하나 자신이 패할 지경에 처한다면 목숨을 걸고 최후의 초식을 전개하리라 마음먹었다. 그렇게 해서 싸우다가 죽어버리면 이 새파란 애송이의 종이 되는 치욕은 면할 수 있을 것이다.

그렇지만 최선을 다해서 반드시 이겨야 한다. 여태까지 그래왔던 것처럼 말이다.

도무탄은 도무탄대로 이 싸움에서 절대로 방심해서는 안된다고 생각했다.

그가 천하오룡이고 또 등룡신권이 된 것은 순전히 무림인들이 만들어낸 소문 덕분이었다.

더구나 그가 소림장문인과 소림사로를 죽일 수 있었던 것은 인성을 마비시키는 권혼신강 덕분이었지 그의 순수한 실력이 아니었다.

뿐만 아니라 그를 소림사 천불갱에서 구출한 사람은 소연풍이었으며 그 자신이 스스로 걸어 나온 것이 아니다.

그러니까 그가 천하오룡에 등룡신권이 된 것은 지나치게 과대평가되었기 때문이다.

분광신도는 절상급으로서 초절일이삼 십오 등급의 네 번째이고, 도무탄은 가짜 초하급으로 세 번째다. 그러므로 이 싸움은 십중팔구 도무탄에게 불리할 것이다. 특단의 조치를 취하지 않는 한 그가 패할 확률이 높다.

그런데 참 희한한 일이다. 분광신도에게 억지로 이끌려서 하게 된 싸움이건만 도무탄은 기묘한 긴장감과 심장이 두근거리는 짜릿한 쾌감을 느끼고 있다.

그는 자신도 모르는 사이에 생사쟁투의 세계로 발을 들여놓고 있었다.

스웅⋯⋯.

분광신도가 천천히 오른손으로 대도를 뽑더니 왼손에 쥐고 있는 도실(刀室)을 저만치 던졌다.

무인이 검실이나 도실을 버린다는 것은 그 싸움에 죽음을 각오한다는 뜻이다.

그것만 봐도 그가 이 싸움에 얼마나 다부진 각오를 하고 있는지 짐작할 수 있다.

또 하나, 대결을 하려면 공격을 가하기 위해서 일정한 거리로 가까이 다가오는 것이 보통인데 그는 열 걸음 밖에 우뚝서 있다.

그러나 결투 경험이 많지 않은 도무탄은 그 사실을 그리 대수롭지 않게 생각했다. 분광신도가 공격을 하려면 전력으로 달려올 테고, 그럼 그때 상황을 봐서 피하든지 반격을 한다는 생각이다.

자락!

그때 분광신도의 발이 자갈을 힘껏 박차는 소리가 났다.

그리고 다음 순간 도무탄이 간과한 일이 가장 먼저 현실로 나타났다.

즉, 거리가 열 걸음 이상 되는 상황이 조금도 안심할 일이 아니라는 사실이 분광신도가 첫 번째 공격을 전개하자마자 드러난 것이다.

쉐앵—

그는 신형을 날리자마자 일 장 높이의 허공에 비스듬히 누운 자세로 그 큰 대도를 마치 젓가락처럼 가볍게 맹렬하게 위에서 아래로 휘둘렀다.

그러자 새파란 광채가 번뜩이는가 싶더니 어느새 도무탄의 일 장 전면으로 쇄도했다.

'너… 무 빠르다!'

그는 내심 부르짖으며 본능적으로 오른 주먹을 내밀며 천쇄의 강인을 발출했다.

후웅!

분광신도를 공격하는 것은 엄두도 내지 못하고 쏘아 오고 있는 새파란 광채를 맞춰서 와해시키거나 방향을 바꾸게 하려는 의도다.

광채가 너무 빨라서 피할 생각은 아예 하지도 못했다. 이런 일촉즉발의 상황에서도 그는 피하려는 순간에 새파란 광채에 적중될 것 같은 예감이 들었다.

도무탄은 분광신도가 도기인지 도강인지 모를 공격을 할 줄은 전혀 예상하지 못했었다.

도무탄 자신도 권신탄이니 권혼신강 같은 것을 발출할 줄 알면서 어째서 절상급의 분광신도가 그런 것을 전개하리라는 것을 예상하지 못했는지 모를 일이다.

아무래도 절정고수하고 대결해 본 경험이 거의 없기 때문일 것이다.

꽈등!

도무탄이 천쇄 강인을 발출했으나 반응이 늦어서 전면 반

장 앞에서 분광신도의 공격과 격돌했다.

분광신도는 도기(刀氣)와 도강(刀罡)을 모두 사용하지만 방금 전개한 것은 도강이다.

등룡신권이 강적이라고 판단하여 첫 공격부터 최강수로 그것도 전 공력으로 자신의 최고 초식을 전개한 것이다. 그리고 기선을 제압하려는 그의 판단은 옳았다. 도무탄은 첫 공격에 무너져 버렸다.

도무탄은 자신이 격광에 권신탄을 실어서 발출하면 그것보다 더 빠른 초식은 무림에 없을 것이라고 단순하게 생각을 했었다.

그런데 방금 그가 겪은 분광신도의 초식은 격광에 권신탄을 실은 것보다 월등하게 빨랐다.

분광신도가 발출한 새파란 광채가 자신을 향해 무시무시하게 쏘아 오는 그 짧은 찰나지간에 도무탄은 한 가지 사실을 깨달았었다.

초식 면에서는 격광과 권신탄이 훨씬 더 월등한데 공력과 경험 면에서 분광신도가 더 고강하다는 사실이다. 또한 자신의 초식에 대해서 수련을 한 횟수나 기간으로도 분광신도가 몇 십 배나 더 많고 또 오래했을 것이다. 도무탄하고는 비교조차도 할 수가 없을 터이다.

제아무리 훌륭한 명검이라고 해도 사용하는 사람이 바보

천치라면 명검은 한낱 쇳조각에 다름 아닐 것이다.

반면에 명검이 훌륭한데다 사용하는 사람의 솜씨마저도 훌륭하다면, 바야흐로 최고의 공격이 전개되지 않겠는가.

그야말로 간단한 이치다. 도무탄은 훌륭한 초식을 완벽하게 연마하지도 못했을뿐더러 그것을 제대로 전개할 공력, 즉 권혼력도 부족했다.

뚜둑…….

"크윽……."

도무탄은 엄청난 반탄력을 두 팔에 고스란히 받는 순간 왼팔이 그대로 부러졌다.

뿐만 아니라 가슴이 뻐개지는 듯한 충격을 받으면서 뒤로 쏜살같이 붕 날아갔다. 갈비뼈가 몇 개 부러졌거나 장기가 파손된 것 같았다.

그런데 그게 끝이 아니다.

스파아아―

도무탄의 천쇄 강인하고 격돌했던 분광신도의 도강이 그 순간 부챗살처럼 쫙 다섯 줄기로 쪼개지면서 그중에 두 줄기가 퉁겨서 날아가고 있는 도무탄의 왼쪽 어깨와 복부를 관통했다.

콰자자작!

도무탄은 자갈밭에 떨어져서도 숱한 자갈을 허공에 날리

면서, 그리고 관통된 어깨와 복부에서 피를 뿜으며 쏜살같이
뒤로 밀려갔다.

분광신도의 별호에서 '분광'은 말 그대로 빛이 쪼개진다
는 뜻이었다.

도무탄은 그것에는 전혀 신경을 쓰지 않았는데 그 대가를
톡톡하게 치르고 있다.

어떤 사람이 특이한 별호를 지니고 있으면 어째서 그런 별
호를 얻었는지에 대해서 한 번쯤 생각해 봐야 한다는 사실을
간과했다.

분광신도의 초식은 도기나 도강이 마지막에 여러 줄기로
나누어지는 무서움을 지니고 있었다.

'이게 바로 절상급이로구나……'

가짜 초하급인 그는 온몸이 짓이겨지는 듯한 고통 속에서
절상급의 무서움을 뼈저리게 실감했다.

그리고 자신이 무공에 대해서 얼마나 오만했었는지 절실
하게 깨달았다.

무림이 만만한 곳이 아니라는 사실을 그는 오늘 목숨을 담
보로 깨닫고 있다.

쿵!

"윽……"

뒤로 밀리던 그는 뒷머리가 커다란 바위 아래쪽에 호되게

부딪치면서 멈췄다.

뒷머리에 격심한 충격이 가해져서 그 순간 정신이 멍해지면서 온몸의 맥이 빠졌다.

그때 그는 전면 삼 장 거리의 허공에서 분광신도가 무서운 속도로 쏘아 오면서 대도를 머리 위로 치켜들고 있는 모습을 발견했다.

방금 뒷머리의 충격 때문에 눈의 초점이 흐려져서 분광신도의 모습이 흐릿하게 보였다.

순간 불현듯 그는 공포가 확 엄습하고 오금이 저리는 것을 느꼈다.

만약 지금 같은 최악의 상황에서 방금 전처럼 공격을 한 번 더 당한다면 도무탄은 즉사하거나 회생불능의 상태에 빠질는지도 모른다. 아니, 현재의 상황으로 봐서는 그럴 가능성이 크다.

그는 죽지만 않으면 권혼력에 의해서 몸이 자연치료가 되지만 그러려면 어느 정도 시간이 소요된다.

그렇지만 분광신도는 도무탄이 스스로 치료되기를 기다려 주지 않을 것이다.

'권신탄을……'

그는 바위에 기댄 자세에서 오른 주먹을 다급하게 뻗으며 격광에 권신탄을 실어서 발출했다. 그것이 지금 그가 취할 수 있는 최선이다.

큐웅!

분광신도는 대도를 그어 내리면서 공격하려다가 도무탄이 주먹을 뻗는 것을 보고 옆으로 한 자 남짓 재빨리 이동하여 간단하게 피했다.

도무탄은 자신이 발출한 권신탄을, 더구나 격광에 실어서 뿜어낸 권신탄이거늘 분광신도가 너무도 간단하게 피하는 것을 보고 놀랐다.

그는 재차 격광에 권신탄을 실어서 발출했다. 분광신도가 어떻게 해서 그토록 간단하게 피하는 것인지 확인하기 위해서 다시 한 번 시험하려는 의도가 있지만, 지금으로썬 이 방법밖에는 전개할 것이 없기도 하다.

큐웅!

부상을 입은 상태라서 권혼력이 손실되었는지 음향마저도 시원치 않았다.

그것은 최고의 위력이 아니라는 뜻이다. 그렇지 않아도 분광신도에 비해서 공력이 열세인데 권혼력마저 제대로 발휘되지 않으니 정말 최악이다.

분광신도는 이번에도 권신탄을 어렵지 않게 피했다. 도무탄이 어디로 공격하는지 미리 알고 있는 것 같았다. 그는 그러면서도 이 장 반까지 쇄도하고 있었다.

도무탄은 권신탄을 두 번 발출하고서야 분광신도가 어째서 그렇게 잘 피할 수 있는지 이유를 깨달았다.

분광신도는 권신탄이 발출되기 직전에 도무탄이 주먹을 뻗는 것을 보고 방향을 알아차려서 피한 것이다. 지극히 간단하면서도 정확한 방법이다.

도무탄은 이런 식이라면 자신이 권신탄을 열 번 뿜어내면 열 번 다 분광신도가 피할 것이라고 생각했다.

그러므로 이런 상황에서 권신탄을 계속 발출하는 것은 무의미한 행동이다.

큐웅!

그런 걸 알면서도 그는 세 번째 권신탄을 발출하지 않을 수가 없었다.

그렇게라도 하지 않고 가만히 있으면 분광신도가 공격을 할 것이기 때문이다. 최소한 그가 피하는 동안에는 공격을 하지 못하고 있다.

분광신도는 역시 이번에도 어렵지 않게 피하면서 이 장 거리까지 접근하고 있었다.

그때 도무탄은 머릿속에서 번쩍 어떤 생각이 떠올랐다. 두어 번 더 권신탄을 발출하면 분광신도가 계속 피하면서 접근할 것이고, 그렇게 가까이 접근하면 득달같이 달려들어서 접근전을 벌이려는 의도다.

가까이에서는 천쇄와 신절을 전개할 수 있으므로 그가 더 유리할지도 모른다. 길게 생각할 여유가 없다. 지금으로썬 그 방법뿐이다.

큐웅!

그는 네 번째 권신탄을 전개했다. 왼쪽 어깨와 복부에서 피가 계속 흘렀고, 부러진 왼팔의 고통은 이루 말할 수 없을 정도지만 신경 쓸 겨를이 없다.

분광신도가 네 번째 권신탄도 피할 것이라 생각하고 다섯 번째 권신탄을 그가 피할 방향을 염두에 두어 연속적으로 발출했다.

이왕이면 권신탄을 무의미하게 발출할 것이 아니라 최대한 효과를 보자는 뜻이다.

후웅!

격광과 권신탄을 한 호흡도 안 되는 짧은 시간에 다섯 번이나 연속해서 발출하니까 마지막에는 위력이 현저하게 떨어졌다.

과연 분광신도는 날아오면서 네 번째 권신탄을 오른쪽으로 약간 이동하여 가볍게 피했다.

그 순간 다섯 번째 권신탄이 그에게서 왼쪽으로 두 자 거리에서 스쳐 지나갔다.

만약 그가 왼쪽으로 피했다면 다섯 번째 권신탄에 맞았을 수도 있었을 텐데 도무탄에게 운이 따라주지 않았다.

도무탄이 아홉 살 때 태원성에 돈을 벌겠다고 홀로 나온 이후로 그는 억세게 운이 좋았었다.

무슨 일이든지 손만 대면 성공했으며 궁지에 몰려도 행운이 부적처럼 따라다녔었다.

그런데 무림에서의 그는 그다지 운이 없는 편이다. 여기까지 오는 동안 수많은 우여곡절과 극심한 고생을 겪은 것만 봐도 알 수가 있다.

하지만 도무탄은 지금 이 순간에 행운이 따라주지 않는다면 스스로 행운을 만들어야겠다고 다짐했다. 지금까지 그래왔던 것처럼, 그의 장점 중에 하나를 꼽는다면 포기를 모르는 무서운 집념이다.

타앗!

분광신도가 일 장 안으로 날아드는 순간 도무탄은 벼락같이 누워 있는 자세에서 그대로 몸을 띄워 분광신도를 향해 쏘아 올랐다.

분광신도는 대도를 머리 위로 치켜들고 언제라도 그어 내릴 자세를 유지하고 있었다.

그는 도무탄이 여섯 번째 권신탄을 발출할지도 모른다고 예상하고 있다가 갑자기 누운 자세에서 곧장 덮쳐 오는 그를 보고 움찔했다.

분광신도는 엎드려서 날아가고 도무탄은 누운 자세이므로 서로 정면을 보는 자세다.

더구나 서로를 향해 쏘아 가고 있으므로 눈 깜빡할 사이에 부딪치게 되었다.

도무탄은 분광신도에게 부딪쳐 가면서 오른손으로 천쇄의 초환과 무영을 섞어서 전개했다.

슈아악!

초환은 분광신도의 분광처럼 원하는 방향으로 최대한 여덟 줄기의 공격을 쪼개서 흩뿌리는 수법이다.

그리고 무영은 말 그대로 눈에 전혀 보이지도 않고 추호의 기척도 없다.

그런 초환과 무영을 섞었으므로 날카로운 파공음만 들릴 뿐이어서 분광신도는 어느 방향에서 어떻게 공격이 쇄도하는지 짐작조차도 하지 못하고 순간적으로 당황했다.

그는 도무탄에게 가까이 접근하는 것은 좋지 않다고 줄곧 생각하고 있었다. 그런데 어쩌다 보니까 일 장까지 접근하는 우를 범하고 말았다. 불길함이 엄습하자마자 도무탄의 반격이 시작됐다.

이런 상황에서의 분광신도로서는 오로지 한 가지 방법만을 선택할 수가 있다. 반격이다. 반격은 최선의 공격이라고 하지 않던가.

그는 도기와 도강만 잘할 수 있는 것이 아니다. 접근전은 그 이상의 수준이다.

도무탄이 반격을 가한 것은 분명한데 그게 보이지도 않고 기척도 감지할 수가 없으므로, 도무탄을 베기만 하면 간단하다고 판단했다.

쉬이잇―

덮쳐 오는 도무탄을 향해 그의 대도가 믿어지지 않을 정도의 빠른 속도로 여러 방향에서 그어왔다.

이런 가까운 거리에서의 접근전에서는 사실 초식도 뭣도 필요가 없다.

일신의 전 공력이 주입된 최고도의 빠르기와 정확도, 그리고 날카로운 눈과 수십 년 동안 쌓은 싸움의 경험이 최고의 무기다.

파파파팟―

분광신도는 놀랍게도 보이지도 않고 기척을 감지하지도 못하는 도무탄의 공격, 즉 여덟 개의 초환, 무영을 모조리 대도로 퉁겨냈다.

몸을 이리저리 움직여서 피한 것이 아니라 퉁겨냈다는 것에 유의해야 한다.

그것은 그의 공격이 창과 방패를 동시에 완벽하게 겸하고 있다는 뜻이다.

대도를 휘둘러서 찰나지간에 공격받을 수 있는 모든 방위를 차단하고 동시에 공격을 가하는 것은 결코 말처럼 쉬운 일이 아니다.

'우웃!'

접근전을 벌이면 유리할 줄 알았던 도무탄은 자신의 공격이 모두 무위로 돌아갔을 뿐만 아니라 오히려 분광신도의 대도가 머리와 목, 가슴, 복부를 노리고 맹렬하게 베어오자 말할 수 없이 다급해졌다.

더구나 분광신도의 대도에서는 두 자 길이의 도기가 길게 뿜어져 있어서 스치기만 해도 끝장이다.

그는 금강불괴지신이 아니고 설잠운금의도 입지 않았으므로 대도에 베이면 머리든 몸통이든 잘라지고 말 것이다. 설마 이런 지경까지 처하리라고는 예상하지 못했었다. 절정고수하고의 실전이 얼마나 살벌한지 숨이 막힐 정도로 처절하게 깨달았다.

그는 다급하게 분광신도의 몸통을 향해 전력으로 권신탄을 뿜어냈다.

큐웅!

그를 맞추려는 것이 아니라 그로 하여금 피하게 하거나 방어하게 해서 그 틈에 위기에서 벗어나려는 얄팍한 술수지만 지금으로썬 최선이다.

과연 분광신도는 지척거리에서 느닷없이 뿜어오는 핏빛 광채를 막기 위해서 공격을 거둘 수밖에 없었다.

쩌껑!

그는 가까스로 대도를 그어 권신탄을 퉁겨냈다.

그걸 보면서 도무탄은 만약 격광에 권신탄을 실었더라면 방금 전의 일 초식으로 분광신도를 맞출 수도 있었을 것이라는 생각이 들었다.

하지만 목숨이 경각에 처한 상황에서 그럴 겨를이 없었다. 어쩌면 그것 또한 경험 부족일 것이다. 어쨌든 지금은 이 자리에서 벗어나는 것이 급선무다.

분광신도가 주춤하는 사이에 도무탄은 재빨리 몸을 뒤집어 자갈밭에 내려서는 것과 동시에 전력으로 물러났다.

그렇지만 무작정 도망칠 수는 없다. 할 수만 있다면 이 말도 안 되게 불리한 싸움에서 당장에라도 멀리 도망치고 싶지만 그의 몸 상태가 그럴 상황이 못 된다.

그가 아무리 전력으로 도망치더라도 분광신도는 끈질기게 추격할 것이 뻔하다.

부러진 왼팔은 움직일 때마다 팔꿈치 아래에서 쉴 새 없이 덜렁거리고 어깨와 복부에서는 피가 콸콸 쏟아져서 옷을 시뻘겋게 물들이고 있다.

도무탄은 물러나면서, 아니, 도망친다는 표현이 맞을 것이다. 도망치면서 이상한 느낌에 다급히 뒤돌아보다가 안색이 급변했다.

분광신도가 자갈밭 위로 나는 듯이 쫓아오고 있는데 한 호흡도 못가서 잡힐 것 같다.

지금 상황에서는 잡히는 게 문제가 아니라 분광신도가 뒤에서 아까 같은 도강을 뿜어내면 이번에야말로 도무탄은 꼼짝없이 당하고 말 터이다.

이제는 방법이 없다. 문제를 해결하기 전에는 절대로 사용하지 않기로 결심한 권혼신강을 쓸 수밖에 없다. 상황이 그렇게 돌아가고 있다.

권혼강공법에는 매우 특별한 소구결 하나가 들어 있다. 그것을 포함해서 운공하면 인성을 잃어버린 상태의 마인(魔人)이 돼버리는 권혼신강이 전개된다.

그리고 소구결을 빼고 운공하면 마인이 되지 않지만 폭발적인 위력이 없다. 그저 권신탄보다 한 단계 높은 정도의 권강(拳罡)일 뿐이다.

지금은 마인이 되더라도 이 상황에서 벗어나야만 한다. 목숨이 위태로운 처지에 찬밥 더운밥 가리겠는가. 마인이면 어떻고 정신을 잃으면 어떠랴. 목숨을 건질 수만 있다면 무슨 짓이라도 할 수 있다.

그는 다급하게 권혼강공법을 운공했다. 평소에 수없이 연

습을 한 터라서 운공을 하자마자 그대로 정신을 잃어버리고
말았다.

정신을 잃고 있는 중에 그는 이 싸움에서 목숨을 건지기만
한다면 기필코 권혼강공법의 소구결을 극복해야겠다고 결심
하면서 모든 것을 운명에 맡겼다.

쉐앵!

도무탄의 뒤쪽 이 장 거리에 이른 분광신도는 자신의 성명
절학인 분광섬(分光閃)을 전개했다.

빠르기나 다섯 줄기로 쪼개지는 것이나 과연 분광섬이라
는 명칭이 어울렸다.

그는 이번의 분광섬 공격으로 도무탄을 죽일 수 있을 것이
라고 확신했다.

모든 조건이 처음에 공격했을 때보다 훨씬 좋다. 도무탄은
중상을 입은 상태이며 거리는 그때보다 절반 이상 가까운데
다 더구나 등 뒤에서의 공격이다. 이런 걸 보고 소위 '장님 지
팡이질' 보다 쉽다고 한다.

그런데 예상하지 못했던 일이 벌어졌다. 도망치던 도무탄
이 갑자기 몸을 홱 돌리는가 싶더니 분광신도를 향해 마주 쏘
아 오며 오른손을 내저었다.

'미친놈!'

분광섬이 발출되었는데 오히려 그걸 향해서 돌진하니까

미쳤다고 할 수밖에 없다.

쒜액!

그런데 분광섬이 도무탄 한 자 앞에 이르러 갑자기 방향을 틀어 옆으로 스쳐 지나갔다.

워낙 쾌속한 도강이지만 분광신도의 눈에는 그 광경이 똑똑하게 보였다.

불과 이 장 거리에서 그가 겨냥을 잘못했을 리가 없는데 어이없게도 빗나갔다.

순간 분광신도는 도무탄이 자신을 향해 돌진하면서 먼지를 털듯이 오른손을 슬쩍 내저었던 것을 기억해 냈다. 도무탄이 동작을 취했다면 그것뿐이다.

그런데 도무탄의 얼굴을 향해서 쏘아 가던 분광섬이 그를 비껴서 간 것이다.

그 간단한 손동작이 분광섬을 비껴가게 하다니 믿어지지 않는 일이다.

그때 분광신도는 덮쳐 오고 있는 도무탄의 얼굴을 무심코 보는 순간 등골이 쭈뼛해졌다.

도무탄의 얼굴에서 무서리 같은 마기(魔氣)가 흘렀으며, 두 눈에는 눈동자가 없이 핏물이 가득 찬 것처럼 온통 핏빛인데, 두 눈에서 핏빛의 안광이 마치 손으로 잡으면 잡힐 것처럼 줄줄이 뿜어지고 있었다.

'도대체 저건……..'

지금까지 싸우던 도무탄은 간 데 없고 전혀 딴사람, 아니, 염마왕이 나타난 것 같았다. 대체 이 일을 어떻게 이해해야 할는지 갈피를 잡을 수가 없다.

그러는 사이에 도무탄이 코앞까지 쇄도하자 분광신도는 정신이 번쩍 들었다.

부악!

그는 쇄도하는 도무탄을 향해 대도를 무시무시하게 그었다.

슈우―

그런데 도무탄은 대도를 보지 못한 듯 그냥 오른손을 뻗어왔다. 느릿하게 뻗은 것 같은데 실상 빛 같은 속도다.

껑! 빽!

"끅!"

분광신도는 도무탄의 오른손이 대도를 절반으로 동강 내면서 그대로 뻗어와 자신의 가슴을 슬쩍 건드리는 것을 두 눈으로 똑똑히 보았다.

단지 슬쩍 건드렸을 뿐인데 그는 가슴이 박살 나는 충격을 받으며 가랑잎처럼 뒤로 날아갔다.

"크으으… 이런 말도 안 되는…….."

말도 되지 않는 일격으로 인해서 그는 자신의 갈비뼈와 장기가 완전히 파괴되었다는 사실을 깨달았다.

턱!

그때 어느새 도무탄이 쏘아 오더니 퉁겨 날아가고 있는 그의 정수리를 한 손으로 모자처럼 덮듯이 잡고는 아주 가볍게 집어 던졌다.

쐐액!

그는 자신이 전개하는 분광섬과 맞먹는 속도로 날아가 커다란 바위에 무지막지하게 부딪쳤다.

퍼억!

"크흑!"

그것으로 그는 온몸의 뼈와 장기, 내장, 심지어 머리까지 박살 났다.

쿵!

바위 아래에 떨어진 그는 하늘을 보고 누운 자세에서 사지와 몸을 푸들푸들 떨었다. 떨고 싶어서 떠는 것이 아니라 몸이 제멋대로 마구 떨렸다.

"흐으으……."

수백 차례 생사쟁투를 벌였으면서도 한 번도 이런 상황에 처해본 적이 없는 분광신도는 자신이 이대로 죽을 것이라는 생각이 들었다.

손가락 하나 까딱할 수 없으며 머릿속도 흐리멍덩했다. 그런 와중에도 도대체 도무탄이 어째서 순식간에 돌변했는지가 몹시도 궁금했다.

그때 그는 자신의 머리맡에 도무탄이 추호의 기척도 없이 내려서는 것을 올려다보았다.

그는 정신을 잃어가고 있는 상황인데도 도무탄의 섬뜩한 모습을 보고는 치가 떨렸다.

정신이 든 도무탄은 자신의 발 앞에 누워 있는 분광신도를 발견했다.

'이겼다.'

그는 분광신도를 굽어보면서 안도의 표정을 지었다. 그러나 곧 씁쓸한 얼굴로 고개를 가로저었다.

'내가 이긴 게 아니다.'

소림사에서 장문인과 소림사로를 죽였을 때처럼, 방금 전에도 그가 아닌 마인이 분광신도를 죽인 것이다.

조금 전까지만 해도 그는 분광신도의 대도 앞에서 목숨이 바람 앞에 놓인 촛불 같은 신세였다.

그러나 지금은 오히려 분광신도를 죽이고 그 앞에 당당하게 서 있다.

죽음의 문턱을 한 발 넘었다가 살아났다는 안도감과 이것은 자신이 아닌 마인의 승리라는 자괴감이 서로 복잡하게 뒤엉켜서 그의 양심을 뒤흔들었다.

그는 부러진 대도를 쥔 채 입에서 피를 흘리며 눈을 질끈 감고 있는 분광신도를 굽어보다가 몸을 굽혔다. 그가 죽은 것인지 확인하려는 것이다.

그런데 분광신도는 죽지 않았다. 도무탄이 손목을 잡자 미약하게 맥이 뛰고 있었으며 심장도 느리고 희미하게 박동을 하고 있었다.

도무탄은 그를 보면서 조금 위로를 느꼈다. 정당하지 못한 결투였기에 그가 죽었다면 내내 기분이 언짢았을 것인데 살아 있어서 다행이다.

대략 반 시진이 흘렀다. 그사이에 도무탄은 자신은 물론이고 분광신도까지 말끔하게 치료를 해주었다.

그리고는 뒤도 돌아보지 않고 즉시 그곳을 떠났다. 자신이 이기면 분광신도를 수하로 삼겠다고 말했었는데, 이제 와서는 그럴 마음이 추호도 없으며 오히려 그의 얼굴을 보면 부끄러울 것 같았다.

도무탄은 곧장 진검문으로 향했다. 독고 형제와 추형단 등은 늦은 밤인데도 불구하고 마당에 서서 초조한 표정으로 기다리다가 밤하늘에서 뚝 떨어져 내리는 도무탄을 반색하면서 맞이했다.

"다치셨습니까?"

도무탄의 옷이 군데군데 찢어지고 피범벅인 것을 보고 추형단이 놀란 얼굴로 물었다.

도무탄은 멋쩍게 웃으며 손을 저었다.

"아니오."

추형단과 독고 형제들은 재빨리 도무탄의 온몸을 살펴보았지만 다친 곳은 없는 것 같아서 적이 안심했다.

그렇지만 과연 분광신도와의 결투가 어떻게 됐는지 궁금하기 짝이 없었다.

도무탄의 멀쩡한 모습을 보니까 싸우지 않은 것 같기도 한데 옷이 피범벅이고 찢어졌으며 헝클어진 머리카락과 어수선한 모양새를 보면 싸운 것 같기도 했다.

"술 있소?"

도무탄은 추형단의 안내를 받아 전각 안으로 들어가면서 중얼거리듯이 물었다. 기분이 착잡해서 술이라도 마셔야 할 것 같았다.

"먼저 씻고 옷을 갈아입으십시오."

第六十一章

팽가의 음모

"분광신도하고는 어찌 되셨습니까?"

목욕을 하고 새 옷으로 갈아입은 도무탄이 몹시 갈증을 느끼는 것처럼 술 다섯 잔을 연거푸 마시고 나자 고지식하고 직설적인 추형단이 말을 돌리지 않고 물었다.

"끝났소."

거기에 대해서 말하고 싶지 않은 도무탄은 대충 얼버무렸지만 추형단의 궁금증은 풀어지지 않았다.

"도 대협께서 이기셨습니까?"

"내가 졌소."

"아……."

추형단과 독고 형제의 얼굴에 설핏 충격과 실망이 어렸다.

그렇지만 분광신도가 생사쟁투를 하면 반드시 상대를 죽인다는 사실을 알고 있기에 의아한 생각이 들었다. 그러나 이번만큼은 추형단이라고 해도 어떤 식으로 물어야 할지 방법을 찾지 못했다.

세 사람은 도무탄이 우울한 표정을 짓고 있는 것을 보며 필시 분광신도하고의 싸움에서 무슨 일이 있었을 것이라 짐작했다.

"등룡신권, 나와라."

그런데 그때 전각 밖에서 조용하지만 힘이 실린 목소리가 들렸다.

실내의 사람들은 두 번째로 듣는 목소리이기에 그것이 분광신도라는 사실을 직감했다.

도무탄은 미간을 잔뜩 찌푸렸다. 분광신도가 다시 싸움을 걸러 온 것이 분명하기 때문이다.

자신이 한 군데도 다치지 않았기 때문에 패하지 않은 것이라고 생각한 모양이었다.

"등룡신권, 안에 없는가?"

밖에서 분광신도가 계속 떠들고 있는데 도무탄으로서는

가만히 앉아 있을 수가 없다.

독고 형제와 추형단은 긴장하면서도 의아한 표정으로 도무탄을 쳐다보면서 그가 어떻게 할 것인지를 기다렸다.

슥—

도무탄은 일어서면서 분광신도를 치료해서 살려준 것을 적잖이 후회했다.

저벅저벅…….

대전입구를 통해서 밖으로 걸어 나간 도무탄은 돌계단 아래에 우뚝 서 있는 분광신도를 발견하고 가볍게 눈살을 찌푸리며 돌계단 위에 걸음을 멈추었다.

독고 형제와 추형단, 그리고 분광신도의 외침을 듣고 진검문의 수뇌부와 문하제자들이 몰려나와 멀리에서 분광신도를 에워쌌다.

돌계단 위의 도무탄과 돌계단 아래의 분광신도는 눈도 깜빡이지 않고 서로를 날카롭게 주시했다.

도무탄은 험악한 표정의 분광신도의 얼굴을 보고 그가 다시 싸우러 왔음을 의심하지 않았다.

그런 상황이었다면 도무탄이라고 해도 다시 싸우려는 마음이 들 것이다.

도무탄은 도저히 이 싸움을 피할 수 없음을 깨닫고 고개를 끄떡였다.

"조용한 곳으로 갑시다."

그러나 분광신도는 발바닥에 뿌리가 내린 듯 꼼짝도 하지 않았으며 입을 굳게 다물고 있었다.

심하게 일그러진 얼굴 표정에 뺨이 씰룩거리는 것으로 봐서는 속에서 들끓고 있는 분노를 간신히 억제하고 있는 것 같았다.

도무탄은 더 이상 말하지 않고 분광신도가 어떻게 하는지 잠시 지켜보기로 했다.

이곳에서 분광신도와 싸움이 벌어지면 곤란하다. 여기에 있는 사람들이 다치는 것이 염려가 되기도 하지만, 권혼신강을 사용하지 않으면 분광신도를 제압할 수가 없는데 그 광경을 이들에게 보일 수는 없다.

그러므로 어떻게든 분광신도를 구슬러서 한적한 곳으로 데려가서 싸워야 한다.

그리고 이번에는 권혼신강을 사용하여 반드시 죽여 버릴 것이라고 다짐했다.

권혼신강을 사용하지 않으면 승산이 없다. 그래야 한다는 것이 좀 께름칙하지만 어쩌랴. 그러지 않으면 도무탄 자신이 죽게 될 것이다.

"끙……."

그런데 분광신도가 갑자기 앓는 소리를 내더니 그 자리에 묵직하게 쿵! 하고 무릎을 꿇는 것이 아닌가.

도무탄을 비롯한 모두들 어리둥절한 표정을 짓고 있는데, 분광신도가 이마를 땅바닥에 대고 최대한 공경의 자세를 취하며 웅혼한 목소리로 말했다.

"소인 염중기(廉仲基), 주인님을 뵈옵니다."

도무탄을 비롯한 모든 사람은 분광신도의 뜻하지 않은 행동에 크게 놀랐다.

아니, 놀라는 정도가 아니라 대경실색했다. 무림에서 가장 잔인하고 포악한 쟁투사 중에 한 명으로 꼽히는 분광신도가 무릎을 꿇고 누군가를 주인님이라고 자신의 입으로 말한 것은 귀를 의심할 일이다.

도무탄은 분광신도의 느닷없는 행동에 비단 깜짝 놀라기는 했지만 곧 어떻게 된 일인지 이해했다.

미상불 분광신도는 자신이 도무탄과의 생사쟁투에서 패했다는 판단하에 약속을 지키려는 것이 분명했다.

도무탄이 권혼신강을 사용하긴 했지만 분명히 분광신도는 그 싸움에서 패했다.

도무탄이 뜻밖이라고 생각하는 것은 분광신도가 순순히 패했음을 인정하고 더 나아가서 도무탄의 종이 되겠다는 약속을 지키려 한다는 사실이다.

분광신도 정도나 되는 인물이 장난삼아서, 아니면 계교를 부리려고 무릎을 꿇고 부복하지는 않을 것이다.

독고 형제와 추형단 등은 혼비백산할 정도로 놀랐으나 아무도 입을 열지 않고 입술이 바싹 마른 채 사태의 추이를 지켜보았다.

도무탄은 복잡한 표정으로 분광신도를 잠시 굽어보다가 돌계단을 내려갔다.

"따라오시오."

도무탄은 진검문에서 그리 멀지 않은 곳의 한적한 공터로 분광신도를 데리고 갔다.

도무탄은 진심 어린 얼굴로 입을 열었다.

"우리가 싸우기 전에 했던 약속에 대해서는 더 이상 신경 쓰지 않아도 되오."

다섯 걸음쯤 떨어진 곳에 우뚝 서 있는 분광신도는 불쾌한 듯 미간을 좁혔다.

"무슨 뜻입니까?"

"그 약속이라는 것은 그냥 해본 소리였소."

도무탄은 자신이 이길 경우 분광신도를 수하로 삼아서 요긴하게 쓸데가 있었다.

그렇지만 그를 이긴 것은 개운하지 않은 승리였다. 권혼신강이 아니었으면 도무탄은 패했다. 아니, 도무탄은 지금쯤 이 세상 사람이 아닐 것이다. 그러므로 그 싸움의 진정한 승자는 분광신도였다.

그렇거늘 어떻게 그를 수하로 삼을 수 있겠는가. 그것은 도무탄의 양심으로는 도저히 용납할 수 없는 일이다.

모르는 체 넘어갈 수도 있겠지만, 그럴 경우에 그는 이 일에 대해서 두고두고 가책을 느껴야만 할 것이다. 서로 죽고 죽이는 철천지 원한 관계였다면 별문제지만, 그것은 일대일 정식 대결이었다.

"나를 두 번 죽이겠다는 말씀이십니까?"

분광신도는 분노가 폭발하기 직전의 표정으로 씹어뱉듯이 중얼거렸다.

"그런 뜻이 아니오."

도무탄은 착잡한 표정을 지으며 손을 젓고 나서 고백하는 기분으로 말했다.

"나는 진정한 실력으로 당신을 이긴 것이 아니오."

분광신도는 순간적으로 모욕을 느꼈으나 도무탄의 표정이 몹시 진지한 것을 보고 조금 의아한 표정을 지었다.

"구체적으로 말씀해 주십시오."

분광신도는 어디까지나 종의 태도를 견지하면서 진지하고 공손했다. 도무탄은 그에게 이런 면이 있다는 사실이 조금 의

외쳤다.

"나는 사용하지 말아야 할 수법을 사용해서 당신을 이긴 것이오."

분광신도는 얼굴을 찌푸렸다.

"그게 무엇입니까?"

"권혼신강이오."

"그것은 천신권의 수법입니까?"

"그렇소."

분광신도의 얼굴이 와락 굳어졌다. 그는 도무탄이 힘겹게 말하려는 의도를 조금쯤은 알 것 같았다.

권혼신강이라는 것이 아직 완성되지 않았거나 스스로 그것의 사용을 금지시켰는데 그것으로 이겼기 때문에 스스로 용납할 수가 없다는 뭐 그런 의미인 듯했다.

그래서 분광신도는 도무탄이 생각했던 것보다 공명정대하고 강직한 성격이라는 사실을 깨달았다.

스스로 '이 무공을 사용하면 안 된다'라고 정해놓았는데, 싸움이 불리해져서 목숨이 위태로우니까 그 수법을 사용할 수밖에 없었다.

그렇게 해서 이겼다. 그래서 그는 괴로워하는 것이고, 승리를 인정하지 못하는 것이다.

그런 점이 분광신도의 분노를 누그러뜨렸다. 심지어 그는 도무탄을 설득하려고 시도했다.

"양가(揚家)의 밭에서 나는 농작물은 누구 것입니까?"

분광신도는 뜬금없이, 그러나 지금까지와는 달리 조용한 목소리로 물었다.

"당연히 양가의 것이오."

"그렇습니다. 양가의 밭에서 나는 소출(所出)은 양가의 것이고, 안가(安家)의 밭에서 나는 소출은 안가의 것입니다. 틀렸습니까?"

총명한 도무탄은 그가 무슨 말을 하려는 것인지 짐작하고 씁쓸하게 대답했다.

"틀리지 않았소."

"내 손으로 전개되면 내 무공이고, 당신 손에서 전개되는 것은 당신 무공입니다. 나는 누구 손에서 전개하는 무공에 당했던 것입니까?"

"내… 무공이오."

"그럼 그 대결에서 누가 이겼습니까?"

도무탄은 분광신도가 묻는 대로 대답하면서도 마음이 영 개운하지 않았다.

"나요."

"그렇다면 결투 전에 했던 약속을 지키지 않으면 나는 뭐가 됩니까?"

분광신도의 말은 조목조목 다 옳아서 도무탄으로서는 대답이 궁해졌다.

도무탄이 보기에 분광신도는 약속과 명예를 목숨보다 더 중요하게 여기는 게 분명했다.

생사쟁투를 해서 상대를 죽이고 승리감을 즐길 줄만 아는 무공광 쟁투사인 줄만 알았는데 뜻밖이다.

그렇다고 해도 도무탄은 한 가지 더 확인할 것이 있다.

"당신하고의 약속은 죽을 때까지 나만 알고 있겠소. 그러니까 애써서 지키려고 하지 마시오."

도무탄이 약속에 대해서 입을 다물고 있으면 분광신도가 약속을 어겼다는 사실을 아무도 모를 것이므로 이쯤에서 물러나도 된다는 마지막 배려다.

분광신도가 받아들이면 다행이고 그렇지 않다면 그의 각오가 반석처럼 단단하다는 뜻이다.

"정 그러시다면 이렇게 하는 게 어떻겠습니까?"

분광신도는 마치 도무탄의 배려를 받아들이겠다는 듯한 태도를 취했다.

"말해보시오."

"우리가 다시 싸우는 것입니다."

"싸우자고?"

"그렇습니다. 단, 이번에 싸울 때는 당신은 스스로 금기라고 생각하는 절학을 절대로 사용하지 마십시오. 당신이 그것을 그토록 께름칙하게 여기니까 이번에는 정정당당하게 싸우자는 겁니다."

그렇게 싸운다면 도무탄은 절대로 분광신도를 이기지 못할 것이다.

"그럼 이번 대결에서는 내가 반드시 당신을 죽이겠습니다. 그러면 약속 같은 것은 자연히 사라지고 나는 자유로운 몸이 되겠지요."

"음!"

도무탄은 자신도 모르게 신음을 토해냈다. 분광신도의 말인즉 도무탄더러 죽으라는 얘기다.

그렇게 해서 약속을 유야무야로 만들어야지만 자신도 마음 편하게 물러나겠다는 것이다.

그러나 분광신도를 마음 편하게 해주기 위해서는 도무탄이 죽어줘야만 하는데 그럴 수는 없다.

이것은 한 번 내뱉은 약속을 지키라는 분광신도의 간접적인 압박이다.

"어떻게 하시겠습니까?"

"진심으로 내 종이 되고 싶소?"

도무탄은 분광신도의 진심이 궁금했다.

분광신도의 얼굴이 구겨졌다. 그는 내심이 얼굴에 그대로 드러나는 성격인 것 같았다.

"오십오 년 동안 바람처럼 마음껏 천하를 주유했었는데 이제 와서 새파란 애송이의 종이 되어 속박당하면서 살고 싶겠습니까?"

"그런데 왜……."

분광신도는 벌컥 화를 냈다.

"약속은 약속 아닙니까?"

도무탄은 분광신도가 괴인이라고 생각했다. 아니다. 사실은 약속을 헌신짝처럼 내던지는 대다수의 사람이 잘못된 것이고 분광신도는 정상이다.

분광신도의 진심까지 시험을 한 도무탄은 더 이상 물러설 수 없음을 깨달았다.

자신이 내뱉은 말을 지키기 위해서 아들, 아니, 손자뻘밖에 안 되는 애송이의 종이 되려는 분광신도의 심정이야 오죽하겠는가.

도무탄은 그를 배려하려면 어쩔 수 없이 종으로 받아들일 수밖에 없다고 생각했다.

"알겠소. 허락하겠소."

순간 분광신도의 얼굴에 안도의 기색과 씁쓸함이 동시에 떠올랐다가 사라지는 것을 도무탄은 놓치지 않았다. 그러나 모른 체했다.

분광신도는 도무탄에게 아홉 번 계수(稽首)를 올렸으며, 도무탄은 우뚝 서서 묵묵히 지켜보았다.

'계수'란 흔히 큰절이라고 하는 것으로 양손을 앞으로 하여 포개고 무릎을 꿇고 엎드려서 세 호흡 정도 가만히 있는 것이다.

계수의 예, 즉 계수배(稽首拜)는 군신(君臣), 사제(師弟) 사이에 아랫사람이 윗사람에게 하는 것으로, 아홉 번 절을 올리면 최고로 존경한다는 뜻이다.

도무탄은 분광신도가 세 번만 절을 할 줄 알았는데 아홉 번이나 하는 것을 보고 마음이 자못 경건해졌다.

도무탄은 분광신도가 마지막 아홉 번째 절을 하려고 몸을 굽힐 때 자신은 두 손을 맞잡고 고개를 숙여서 공수지례(空首之禮)를 취했다.

분광신도는 아홉 번째 절을 하고서도 일어나지 않고 그대로 이마를 땅에 붙인 상태에서 조용하지만 웅혼한 어조로 선언하듯이 말했다.

"지금 이 순간부터 소인 염중기는 주인님의 종으로서 일평생 충성할 것을 맹세합니다."

"나 도무탄은 충복(忠僕) 염중기를 형제처럼 중히 여길 것을 맹세하오."

"소인은 종입니다. 하대를 하십시오, 주인님."

"알겠네. 이제 일어나게."

분광신도 염중기가 지적하자 도무탄은 즉시 고쳤다.

슥—

염중기는 두 손을 앞에 모으고 조심스럽게 일어나서 시립하는 자세를 취했다.

도무탄은 정색했다.

"이제부터는 내 말에 절대복종하게."

"당연합니다."

도무탄이 이렇게 미리 손을 써두려는 것은 염중기를 편하게 해주기 위해서다.

"시립하는 자세는 취하지 말게."

염중기는 의아한 얼굴로 도무탄을 쳐다보았다.

"무슨 말씀이신지……."

"평소처럼 편하게 행동하라는 것일세."

"어찌 감히……."

"불복하는 것인가?"

"아… 닙니다."

도무탄은 진지한 표정을 지었다.

"자네와 나의 마음이 변하지 않으면 그만이지 그까짓 겉치레가 무슨 대수겠는가?"

염중기는 멀뚱히 도무탄을 응시하다가 무슨 말인지 알아
듣고는 깊이 고개를 숙였다.

"명을 받들겠습니다."

*   *   *

독고지연과 독고은한 자매는 거의 뛰다시피 북경성 거리
를 걸어가고 있다.

오늘은 무영검가에서 중요한 일이 있어서 그녀들이 반드
시 참가할 수밖에 없었다.

더구나 독고가 가족이 다 함께 참석한 연회에서 빠져나오
기가 어려워서 기회를 엿보다가 조금 전에야 간신히 탈출 아
닌 탈출에 성공을 해서 서둘러 연지루로 돌아가고 있는 중이
다.

오늘로써 도무탄이 북경성을 떠난 지 닷새째다. 도무탄은
용강, 기상, 두 오빠와 함께 떠난 이후 아무런 연락이 없어서
그녀들은 몹시 걱정을 하고 있다. 무심한 도무탄은 전서구조
차 보내지 않았다.

그녀들은 도무탄이 언제 돌아올지 몰라서 이제나저제나
눈 빠지게 기다리고 있다.

그동안 늘 세 사람이 연지루 꼭대기 연지상계에서 한 몸처

럼 붙어 지내다가 나흘씩이나 그를 보지 못하게 되니까 없던 병까지 생길 것 같았다.

그가 없는 연지루는 적막공산이나 다름이 없어서 그녀들의 생활은 알맹이가 빠져 버려서 껍데기만 남은 듯했으며 무얼 해도 흥미가 생기지 않았다.

그래도 오늘 밤에는 도무탄이 꼭 돌아올 것만 같은 느낌이고 어쩌면 이미 연지루에 돌아와서 그녀들을 기다리고 있을지도 모른다는 생각에 뛰는 듯이 걷고 있는데도 일각이 여삼추처럼 여겨졌다.

어느덧 그녀들은 중해를 지나서 중해와 북해를 연결한 수로의 다리를 건너고 있다.

이곳에서 연지루가 있는 북해 남안까지는 제법 우거진 송림이며 복판의 넓은 길에는 북해십루에 가는 사람들로 인산인해를 이루었다.

북해 남안 경치가 좋은 곳에 흩어져 있는 일곱 개의 기루와 세 개의 주루를 합쳐서 북해십루라고 하는데 모두 해룡방이 사들여서 운영을 하고 있다.

북해십루는 예전보다 몇 배나 더한 인기몰이를 하고 있는 중이며 연일 문전성시를 이룬다.

송림이 끝나고 북해 남안으로 이르는 완만한 언덕길에서 몇 장 혹은 몇 십 장 간격으로 북해십루로 가는 열 개의 길이 양쪽으로 갈라진다.

독고 자매는 송림 복판의 길에서 벗어나 숲길로 경공술을 전개하여 빠르게 달렸다.

도무탄이 돌아와 있을지 모르는 연지루로 돌아가는 발걸음은 더없이 가벼웠다.

사람들이 구름처럼 많은 길로 가면 경공술을 전개할 수 없을 뿐만 아니라 그녀들의 미모 때문에 신분이 발각되고 또 시선을 끌어서 귀찮아진다.

그래서 그녀들은 연지루로 돌아갈 때에는 항상 길에서 많이 벗어난 숲길을 이용하고 있다.

송림 숲이 끝나는 지점에는 언제나 소화랑과 해룡야사가 마중을 나와 있다.

그들 세 사람은 도무탄의 그림자들이지만 현재는 그가 자리를 비웠고 또 독고지연과 독고은한은 그의 부인이므로 그녀들을 호위하는 것도 임무다.

"언니, 지난번에 보니까 혼절했더라?"

나란히 달리면서 독고지연이 독고은한을 보며 의미심장한 미소를 지으며 불쑥 말했다. 둘이서는 가끔 은밀한 대화를 나누기도 한다.

"무… 슨 얘기니?"

독고은한은 동생이 무슨 얘기를 하는지 즉시 알아차렸지

만 너무 부끄러워서 목덜미까지 빨개지면서 모르는 체 시치미를 뗐다.

그런데 그게 실수다. 그냥 대충 인정하고 넘어가면 될 일인데 모른 체해서 짓궂은 독고지연을 자극했다. 그것이 기름에 불을 붙이고 말았다. 독고지연은 그럴 줄 알았다는 듯 약간 목소리를 높였다.

"탄 랑이 떠나기 전날 밤에 우리 셋이 함께 그거 했을 때 말이야."

독고지연은 눈을 새초롬하게 뜨고 언니를 골리는 것이 재미있다는 표정을 지었다.

"언니가 내 위에 나랑 포갠 자세로 엎드려 있었기 때문에 내가 똑똑히 봤어. 탄 랑이 언니를 몰아붙이니까 얼마나 입을 크게 벌리고 비명을 지르는지 목젖이 다 보였고 눈에는 흰자위만 보이더라."

"그… 그만해."

독고은한은 부끄러워서 손을 내저었지만 독고지연은 그녀를 골리는 게 너무 재미있었다.

"호호호… 그러다가는 풀썩 내 어깨에 얼굴을 묻으면서 혼절을 했잖아. 그런데 시치미를 떼는 거야?"

"아유… 연아 너……."

"혼절을 하다니 언니도 이제는 제대로 느끼나 봐?"

"나도 몰라. 탄 랑이 뒤에서 마구 공격을 하니까 머릿속이 하얘지면서 온몸이 녹아버리는 것 같았어. 그리고는 기억이 나지 않아."

"탄 랑은 정말 대단해. 우리 둘을 상대하면서도 몇 번씩이 나 까무러치게 만들잖아."

캄캄한 밤인데도 독고은한의 얼굴이 온통 홍시처럼 붉어 진 것이 선명하게 보였다.

사실 독고지연은 언니를 놀릴 만한 입장이 못 된다. 그때 독고은한이 절정감에 몸부림치다가 혼절하고 나서는 잠시 후 에 그녀 자신이 혼절해 버렸던 것이다.

포개져 있는 자매를 번갈아 가면서 공략하던 도무탄은 독 고은한을 먼저 극락으로 보내고 나서 그다음에는 독고지연의 혼을 다 빼놨었다.

친언니와 함께 남편에게 사랑을 받는다는 기묘한 상황이 마치 타락적인 행위처럼 보였으며, 자매가 함께 도무탄하고 사랑을 나누어도 결코 모자라지 않는다는 사실이 쾌락에 더 큰 상승작용을 일으킨 것 같았다.

그녀들은 연지루에서 살게 되었을 때 첫날밤부터 둘이 함 께 도무탄과 잤고 정사를 했었다.

그녀들은 도무탄을 목숨보다 더 사랑한다는 공통점을 갖 고 있는데다 자신들이 어렸을 때부터 절친한 자매라는 사실

덕분에 세 사람이 함께 동침을 한다는 사실에 처음부터 추호의 거부감도 없었다.

두 여자는 그런 얘기를 하니까 갑자기 도무탄이 더욱 사무치게 그리워졌다.

그를 보지 못한 것이 나흘밖에 안 됐는데도 사 년쯤 지난 것 같았다.

그런데 그때 그녀들이 달려가고 있는 전면의 여러 그루 소나무 뒤에서 검은 인영들이 갑자기 나타나면서 앞길을 가로막았다.

두 여자는 흠칫 표정이 변하며 속도를 줄였다. 검은 인영은 십여 명이며 흑의 경장에 복면을 하고 어깨를 도를 메고 있어서 누군지 알아볼 수는 없었다.

독고지연은 상대가 누군지 간에 한밤중 이런 으슥한 곳에 나타나서 앞을 가로막는 것이 좋은 의도는 아니라고 판단하여 뚫고 지나갈 생각을 했다.

"연아."

갑자기 긴장된 목소리로 옷자락을 잡아당기는 독고은한의 시선을 따라 주위를 둘러보던 독고지연의 눈이 동그랗게 커졌다.

그녀들이 달리고 있는 좌우와 뒤쪽에서 검은 인영, 즉 흑의인들이 우르르 쏟아져 나오고 있는데 그 수가 사십여 명은 되는 듯했다.

이들은 이곳에서 매복을 하고 독고 자매를 기다리고 있었던 것 같았다.

독고 자매가 이 길을 이용한다는 사실을 알고 있었다면 이 매복은 치밀하게 계획된 것이 분명하다.

[언니! 전방을 뚫자!]

독고지연은 전음을 보내면서 다시 속도를 높여 전방을 향해 쏘아 갔다.

이런 상황에 처하게 되면 독고지연은 재빨리 결단을 내려서 행동에 옮기는 반면에 독고은한은 생각을 깊게 하는 경향이 있다.

독고지연의 판단은 옳았다. 흑의인들이 아무리 많다고 해도 아직은 한 겹의 포위망이기 때문에 뚫기만 하면 그다음에는 별문제가 없다.

차창!

두 여자는 어깨의 검을 뽑아 오른손에 움켜쥐고 공력을 극한으로 끌어 올리고는 전방의 흑의인들을 향해 곧장 부딪쳐 갔다.

그녀들은 꽤 오래전부터 보화가 해주는 영물과 영약이 들어간 요리를 매 끼니때마다 꼬박꼬박 먹어온 덕분에 지금은 공력이 대단한 수준에 올라 있다.

북경성에 도착했을 즈음에 칠십 년이었던 공력이 지금은 거의 백 년으로 증진된 상태라서 공력 면에서는 무영검가에서 최고 수준이라고 할 수 있다.

만약 독고기상이 연지루에서 함께 생활하며 영물과 영약을 계속 섭취했다면 지금쯤 두 자매보다 공력이 더 심후해졌을 것이다.

그러므로 전방에 일렬로 가로막은 흑의인 십여 명을 그녀들이 합세를 해서 뚫는 것은 그리 대수로운 일이 아니라고 생각했다.

촤창!

전방의 흑의인들도 일제히 어깨의 도를 뽑으며 두 여자를 맞이했다.

"이얍!"

독고지연과 독고은한은 가문의 성명검법인 무영무린검을 전개하며 날카로운 기합을 터뜨렸다.

쐐애액!

캄캄한 밤중의 깊은 송림 속에서 귀청을 찢어발기는 파공음이 울려 퍼지면서 두 자루 검에서 은광과 청광의 비늘, 즉 검린들이 쏟아졌다.

은광은 독고지연의 지봉검에서, 청광은 독고은한의 유성검에서 쏟아지는 것이다.

예전에는 검풍 정도 수준이었으나 지금은 공력이 심후해진 덕분에 검기를 일으킬 수 있게 되었으며 그것은 적들을 찌르거나 벨 수 있다.

독고지연과 독고은한은 어려서부터 지금껏 십여 년 동안 둘이 함께 검법연마를 했으므로 말을 하지 않고서도 손발이 척척 맞았다.

카카캉!

그녀들의 검과 흑의인들의 도가 부딪치면서 요란한 음향을 터뜨렸다.

원래 검을 사용하는 검객들은 검보다 훨씬 무겁고 강한 도하고 직접 부딪치는 것을 꺼린다. 검이 맥을 못 추고 부러지기 때문이다.

그래서 도를 피하여 적의 급소를 찌르는 것이 검의 주된 공격 방식이다.

그러나 지금 이 자리에서 부러져 나가는 것은 그녀들의 검에 부딪친 흑의인들의 도였다. 강풍에 휩쓸린 가랑잎처럼 도들이 부러졌다.

"흐악!"

"끄악!"

그뿐만 아니라 그녀들의 검에서 발출된 여러 개의 검기가 흑의인 세 명의 몸뚱이를 관통하여 피를 뿌리며 거꾸러뜨렸다.

독고지연의 검은 천지용봉검의 지봉검이고 독고은한의 검은 유성검이다.

둘 다 천하십대기병에 속한 명검 중에 명검이니 그것에 부딪친 도들이 부러지는 것은 당연하다.

두 여자는 이 정도로 흔들어놓으면 충분히 돌파할 것이라고 생각했으나 오산이었다.

쏴아악!

그녀들의 최초의 공격을 피했거나 공격권 밖에 있었던 흑의인들이 맹렬하게 공격해 오는데, 그중에서도 선두인 좌우 두 명의 실력은 발군이었다.

그녀들은 달리는 속도를 조금 줄여야만 했다. 원래의 속도를 유지하면 충분히 포위망을 빠져나갈 수 있겠지만, 그 대신에 흑의인들의 도에 몇 군데 찔리거나 베이는 대가를 치러야만 할 것 같았다.

차차차창!

두 번째 격돌에서 그녀들은 네 자루 도를 부러뜨리면서 흑의인 두 명을 다시 베었다.

그렇지만 좌우 선두 두 명의 신랄한 공격을 받고 달리는 신형을 멈추면서 방어를 해야만 했다.

그리고 그녀들은 흑의인들이 전개하는 초식을 보고 비로

소 이들이 누군지 깨달았다.

"흥! 팽가의 구더기들이 우리 자매를 암습하다니 간덩이가 부었구나!"

독고지연은 싸늘한 목소리로 꾸짖으면서 뛰어난 실력을 보이는 두 명 중 체격이 큰 한 명을 맹공격했고 독고은한은 늘씬한 체구의 다른 한 명을 몰아붙였다.

쐐액! 쉬익! 쉭!

그녀들은 이 흑의인들이 뇌전팽가의 고수라는 사실을 믿어 의심치 않았다. 그들이 전개하는 도법만 보면 어렵지 않게 간파할 수 있다.

흑의인들의 정체를 알게 된 그녀들은 화가 치밀었다. 하북성의 양대산맥 무영검가와 뇌전팽가가 형제처럼 친하다는 사실은 천하가 다 알고 있는 사실이다.

그런데 뇌전팽가의 고수들이 자객으로 돌변하여 무영검가의 소가주 두 명을 공격한다는 것은 상상도 못 할 일이다.

무림에서 이 일을 알게 된다면 뇌전팽가 사람들은 얼굴을 들고 다니지 못할 것이다.

그리고 심할 경우에는 뇌전팽가의 가주가 직접 이 일을 해명해야 하고 무영검가에 찾아와서 사죄해야 할 것이다.

쉬이익! 쐐액! 쐐액!

독고 자매가 맹렬하게 공격을 하자 흑의인, 즉 뇌전팽가 고수들은 연신 뒤로 밀렸다.

그녀들의 검에 도를 부딪치면 부러진다는 사실을 알기 때문에 피하기에 급급했다.

독고 자매는 두 번째 공격을 하고 나서 자신들이 상대하고 있는 이 무리의 우두머리격인 체격이 큰 자와 늘씬한 자가 누군지 알아차렸다.

"흥! 곰처럼 큰 몸뚱이와 뒤뚱거리는 행동만 봐도 네가 뇌전팽가의 장남인 팽도라는 사실을 알겠구나!"

"너는 평소에는 숫기가 없어서 감히 날 똑바로 쳐다보지도 못하던 뇌전팽가의 삼남 팽무로구나!"

그녀들은 체격이 큰 자가 독고지연을 연모하여 저돌적으로 구애를 해온 장남 팽도이고, 늘씬한 체격이 독고은한을 연모하지만 한마디 말도 건네지 못했던 삼남 팽무라는 사실을 깨달았다.

또한 이들이 무엇 때문에 복면을 쓰고 한밤중에 매복을 하고 있다가 암습을 하는 것인지는 오래 생각하지 않아도 짐작할 수 있었다.

장남 팽도는 독고지연을, 삼남 팽무는 독고은한을 몹시 연모하고 있는데도 불구하고 어떤 방법으로도 그녀들의 마음을 얻을 수 없다는 생각에 이런 극단적인 방법을 선택한 것 같았다.

그녀들을 연모한다고 하지만 그것은 순전히 이들만의 짝사랑일 뿐이다.

독고지연과 독고은한은 이들과 개별적으로 만난 적도 사적인 대화를 나눈 적도 없었다.

쉬익! 쉭! 쉭!

암습자들이 누군지, 그리고 어떤 목적인지 알게 된 독고 자매는 발연대노(勃然大怒)하여 장남 팽도와 삼남 팽무를 집중적으로 휘몰아쳐 갔다.

사실 도무탄은 뇌전팽가의 사 남매에게 깊은 원한을 품고 있었다.

예전 도무탄이 독고지연과 녹상과 함께 권혼 때문에 추격자들에게 쫓기던 시절의 일이다.

독고지연과 녹상은 안전을 위해서 도무탄의 혈도를 제압하여 커다란 바위 아래 틈새에 감춰두고 자신들이 추격자들을 먼 곳으로 유인했었다.

그때 독고지연은 소림사의 십팔복호호법에게 제압되어 납치됐었고, 녹상은 하북팽가의 형제들에게 공격을 받아 미령애에서 까마득한 낭떠러지로 추락했었다.

하북팽가는 뇌전팽가의 또 다른 이름이다. 특별한 뜻은 없으며 하북에 소재하고 있기 때문에 그렇게도 불린다.

이후 북경성에 온 도무탄은 뇌전팽가에 깊은 원한을 품고 있었으나 뇌전팽가가 무영검가하고 형제처럼 절친한 사이라는 것을 알고는 복수의 마음을 접었다.

녹상하고 무척 친했던 독고지연은 도무탄만큼이나 뇌전팽가 형제들에게 복수를 하고 싶었다.

더구나 그녀는 자신이 십팔복호호법에게 제압되고 납치되어 당한 혹독한 고초를 너무도 잘 알기 때문에 미령애에서 추락한 녹상의 일이 결코 남의 일 같지 않았었다. 녹상은 미령애에서 추락하여 죽은 것이 거의 분명하고, 그녀를 죽인 것이 바로 팽가의 사 남매였던 것이다.

"죽여 버리겠다!"

쉬쉬쉬쉭!

독고지연의 공격은 갈수록 매섭고 위력이 더해져서 팽도는 감히 반격하지 못하고 그 큰 체구를 뒤뚱거리면서 연신 피하며 뒷걸음질 치느라 바빴다.

예전에 팽도는 독고지연보다 반 수 정도 고강했으나 지금은 오히려 한 수 이상 열세에 처했다.

독고은한은 녹상을 만난 적이 없으나 도무탄과 독고지연에게 그녀 얘기를 자주 들었던 터라서 뇌전팽가 형제들에게 원한이 맺혀 있었다.

그녀 역시 백 년의 공력을 유성검에 실어서 쏟아내니 팽무는 벌써 여기저기 세 군데 검에 찔리고 베이는 가벼운 부상을 입으며 물러서느라 정신이 없다.

팽도와 팽무는 같은 방향으로 물러나고 있어서 독고 자매
는 나란히 그들에게 맹공을 퍼부으며 전진했다. 팽가형제는
패색이 완연해서 몇 초식을 버티지 못하고 낭패를 당할 것처
럼 보였다.

그런데 독고은한은 공격을 퍼붓다가 찰나지간 주위를 둘
러보고는 이상한 생각이 들었다.

그녀들이 팽도와 팽무를 공격하고 있는데도 다른 뇌전팽
가의 고수들 모습이 보이지 않았다.

"연아! 멈춰!"

불길함을 감지한 독고은한이 날카롭게 외치자 독고지연은
팽도의 복부를 찔러가던 지봉검을 즉시 멈추며 언니를 쳐다
보았다.

그녀들은 송림 속의 어떤 공터에 멈춰 있고 뇌전팽가의 고
수들은 공터 밖에 서 있는 것이 보였다. 팽도와 팽무도 어느
새 멀찍이 물러나 있었다.

촤아아―

그때 그녀들의 머리 위에서 갑자기 소나기 쏟아지는 소리
가 나서 급히 위를 올려다보았다.

쏴아아―

하나의 커다란 그물이 밤하늘을 온통 뒤덮은 상태에서 떨

어져 내리고 있었다.

그녀들은 허공으로 몸을 날리면서 수중의 검을 맹렬하게 휘둘렀다.

차차창!

그물은 쇠사슬로 만든 쇠 그물이었으나 지봉검과 유성검에는 맥을 추지 못하고 잘라졌다.

그녀들이 쇠 그물을 뚫고 허공으로 솟구쳐 나온 순간 사방에서 뭔가 쏟아져왔다.

사아아……

어두운 밤하늘에 은빛으로 반짝거리면서 쏘아 오는 것들은 손가락 두 마디 길이에 쇠털처럼 가느다랗고 뾰족한 암기 수백 개였다.

뇌전팽가가 암기를 사용할 줄은 예상하지 못했으며 설혹 예상했더라도 이처럼 작은 암기 수백 개를 쳐내거나 피할 방법이 그녀들에겐 없었다.

파파팍!

미친 듯이 검을 휘두르며 몸을 날렸으나 자매는 열 개 이상씩의 암기를 온몸에 맞았다.

그리고는 갑자기 정신이 혼미해져서 땅으로 떨어져 그 자리에 쓰러졌다.

"아아… 언니……."

"아아… 연아… 이것은 독침이야……."

자매는 일어나려고 발버둥을 쳤지만 그것은 마음뿐이고 몸은 꼼짝도 하지 않았다.

第六十二章

동무림(東武林)에 부는 혈풍

등룡기

"네가 궁효냐?"

연지루가 가장 바쁜 시각에 불쑥 찾아온 초로의 용맹하게 생긴 인물이 책임자를 찾더니 대뜸 하대를 했다.

"그렇소."

접객실에서 초로인을 맞이한 궁효는 생전 처음 보는 낯선 인물을 날카롭게 주시하며 가볍게 고개를 끄떡였다.

초로인은 다름 아닌 분광신도 염중기다. 그는 주인 도무탄의 첫 번째 명을 받고 곧장 연지루에 찾아온 것이다.

"나는 주인님께서 보내셨다."

궁효와 양쪽에 포진해 있는 무영검수들은 염중기가 범상한 인물이 아니라는 것을 한눈에 알아보았기에 긴장한 표정을 지었다.

"당신의 주인이 누구요?"

"도무탄이시다."

"……."

염중기가 괜히 시비를 거는 것이라고 예상했던 궁효 등은 염중기의 입에서 '도무탄'이라는 이름이 튀어나오자 움찔 놀랐다.

연지루에 곧장 찾아와서 '도무탄'이라는 이름을 댔다면 일단 어느 정도 의심을 접을 수 있다.

슥—

"주인님의 친필 첩지(帖紙)다."

염중기는 품속에서 꺼낸 하나의 봉서를 두 손으로 공손히 내밀었다.

궁효에게 예의를 갖추려는 것이 아니라 도무탄의 친필이 적힌 첩지이기에 예의를 다하는 것이다.

궁효. 첩지를 가져간 사람은 분광신도 염중기라고 한다.

내 수하로 거둔 사람이니 연아와 한아의 호위를 맡기도록 해라.

궁효는 첩지에 적혀 있는 글씨가 틀림없는 도무탄의 친필인 것을 알아보았다. 그러므로 이 사람은 도무탄의 수하가 분명했다.

그런데 첩지에 적힌 '분광신도'라는 글귀에 궁효는 대경실색했다.

"당신이 분광신도요?"

"그렇다."

무림에 몸담고 있는 사람치고 무림에서 가장 포악하고 잔인한 몇 명 중에 하나로 꼽히는 쟁투사 분광신도를 모른다는 것은 말이 안 된다.

염중기의 대답에 궁효와 무영검수들은 거의 혼비백산하여 정신을 수습하지 못했다.

"두 분 부인은 어디에 계시느냐?"

염중기는 엄숙한 표정으로 물었다.

염중기와 궁효, 그리고 몇 명의 무영검수가 연지루를 나서 송림이 끝나는 곳에 이르렀을 때 소화랑과 해룡야사의 모습은 보이지 않았다.

삐이익—

궁효가 입술을 오므려서 자신들만의 신호인 휘파람을 길게 불자 곧 송림 안 깊숙한 곳에서 화답하는 휘파람 소리가 들려왔다.

"저깁니다."

궁효는 앞서 송림 안으로 달려 들어갔고 염중기와 무영검
수들이 뒤따랐다.

얼마 전에 독고지연과 독고은한이 뇌전팽가 고수들의 암
습을 받아 싸웠던 장소에서 소화랑과 해룡야사가 주위를 살
피고 있었다.

"송림 속에서 싸우는 소리가 들려서 저희가 달려왔을 때에
는 아무도 없었습니다."

해룡야사의 막야가 궁효에게 공손히 보고했다.

조금 떨어진 곳에서 소화랑이 바닥에 선명한 핏자국들을
가리켰다.

"형님, 여기에서 싸움이 벌어졌던 것 같습니다."

팽도와 팽무는 자신들이 직접 독고지연과 독고은한을 안
아서 데려가고 수하들에게는 시체들을 말끔히 치우게 했으므
로 듬성듬성 흘려 있는 핏자국만으로는 어찌 된 일인지 추측
하기가 어려웠다.

"두 분 부인께선 무영검가에 가셨다가 돌아오실 때 항상
이 길을 이용하셨습니다."

궁효의 설명을 귓등으로 들으면서 염중기는 굳은 표정으

로 주위를 샅샅이 살폈다.

잠시 후에 그는 몇 가지 단서가 될 만한 것을 발견하고 부러진 도를 들고 다가왔다.

"이것을 알아보겠느냐?"

염중기가 궁효에게 내민 부러진 도를 본 무영검수가 나직이 외쳤다.

"그건 뇌전팽가의 성명무기인 뇌전도(雷電刀)입니다!"

"뇌전팽가?"

궁효와 소화랑 등은 흠칫 놀랐다.

염중기는 공터의 허공과 땅을 가리키며 설명했다.

"내가 살펴본 바에 의하면, 놈들은 쇠 그물을 이용해서 누군가를 산 채로 생포한 것 같다."

"설마 놈들이 두 분 부인을……."

"이것은 암모사(暗毛絲)라고 하는 암기인데 저기에 흩어져 있었다."

염중기가 손바닥을 펼치자 거기에는 여러 개의 은빛 가느다란 암기가 있었다.

그는 그중 하나의 암기를 들고 혀에 대보더니 가볍게 미간을 찌푸렸다.

"암기에는 강력한 미혼약(迷魂藥)이 묻어 있다."

궁효 등은 눈에서 불을 뿜으며 입을 모았다.

염중기와 궁효, 소화랑, 해룡야사는 곧장 뇌전팽가로 향하고, 무영검수들은 독고 자매가 납치된 사실을 알리기 위해서 무영검가로 달려갔다.

"너희들은 여기에 있어라."

뇌전팽가 근처의 골목에서 염중기가 궁효 등에게 말했다.

"무영검가의 고수들이 곧 당도할 텐데 그들을 기다리는 것이 좋지 않겠습니까?"

"그사이에 두 분 부인에게 무슨 일이 생긴다면 네가 책임지겠느냐?"

궁효의 조심스런 제의에 염중기는 꾸짖듯이 툭 내던지고는 뒷말은 더 들어볼 것도 없다는 듯이 몸을 돌려 골목 밖으로 쏘아 나갔다.

궁효와 소화랑 등이 지켜보는 가운데 염중기는 가볍게 신형을 날려 뇌전팽가의 높은 담을 넘어서 순식간에 시야에서 사라져 버렸다.

염중기는 무턱대고 뇌전팽가에 잠입한 것이 아니다.

송림에서 뇌전팽가까지 오는 동안 독고 자매가 무엇 때문에 뇌전팽가에 납치되었는지 가능성에 대해서 궁효에게 자세히 들었다.

뇌전팽가의 장남 팽도 등 삼 형제가 무영검가의 세 자매를 연모했었다는 설명이다.

그래서 염중기는 독고 자매를 납치한 자가 장남 팽도와 삼남 팽무일 것이라고 확신했다.

그들이 아닐 수도 있지만 가능성이 제일 높은 것부터 손을 대는 것이 순서다.

염중기는 뇌전팽가에 잠입하자마자 제일 먼저 눈에 띈 순찰을 도는 호위무사 한 명을 제압하여 팽도의 거처가 어디인지 알아내고는 혼혈을 눌러서 으슥한 곳에 감추고 팽도의 거처로 향했다.

염중기는 장남 팽도가 혼자 사용하는 전각에 잠입하여 아래층과 이 층을 샅샅이 살폈으나 독고 자매는 물론이고 팽도마저도 발견하지 못했다.

염중기는 아래층의 어느 벽 앞에 우두커니 서서 만약 자신이 팽도라면 이런 상황에서는 어떻게 할 것인지에 대해서 생각해 보았다.

독고 자매를 자신의 거처로 데려오든가 아니면 뇌전팽가 내의 어떤 은밀한 장소를 이용할 것이다. 그리고 제일 먼저 강간을 할 것이 분명하다.

'은밀한 장소에서의 강간이라…….'

염중기는 그 자리에서 공력을 끌어 올려 청각을 최대한으로 돋우었다.

암모사라는 독침에 맞아서 혼절을 했던 독고지연과 독고은한은 팽도와 팽무가 코에 대준 미혼약을 제거하는 향을 흡입하고는 정신을 차렸다.

그녀들은 바닥에 나란히 눕혀져 있었는데 그곳에 큰언니 독고예상마저도 납치되어 자신들 옆에 누워 있다는 사실을 알고는 소스라치게 놀랐다.

독고지연과 독고은한은 마혈이 제압된 상태라서 큰언니를 직접 볼 수는 없었다.

하지만 그녀들 앞에 나란히 서 있는 팽가 삼 형제 팽도, 팽웅, 팽무가 나누는 대화를 듣고 큰언니 독고예상이 자신들 옆에 누워 있다는 사실을 알게 되었다.

팽가 삼 형제는 가벼운 언쟁을 했다. 장남 팽도와 삼남 팽무는 처음에 약속한 대로 각각 독고지연과 독고은한을 강간하겠다고 했으나 차남 팽웅이 독고예상을 강간하지 못하겠다고 난색을 표했기 때문이다.

그러면서 팽웅은 이런 극단적인 방법 말고 다른 방법을 찾아보자고 형과 동생을 설득했다.

그렇지만 팽도와 팽무에게 강력한 질타를 받은 팽웅은 하는 수 없이 독고예상을 강간하겠다고 수긍했다.

독고 세 자매가 듣게 된 팽가 삼 형제의 계획이란 허무맹랑한 것이었다.

그들 삼 형제가 우선 이 자리에서 독고 세 자매를 강간하여 예봉(銳鋒)을 꺾어놓는다.

이후 그녀들을 이곳에 감금해 놓고 삼 형제가 수시로 드나들면서 계속적으로 강간을 한다.

그들의 첫 번째 목적은 세 자매를 임신시키는 것이고, 두 번째는 그녀들로 하여금 자신들을 사랑하게 만드는 것이다. 그것이 이루어지면 비로소 그녀들을 세상에 내놓는다는 얼토당토않은 계획이다.

"시작하자."

팽도가 짧게 말하고는 몸을 굽혀서 독고지연을 가볍게 안더니 어느 방으로 들어갔다.

뒤이어서 팽무가 독고은한은 안고 옆방으로 들어갔으며, 팽웅은 우두커니 서서 독고예상을 굽어보았다.

"웅아."

팽웅이 망설일 것을 예상한 듯 방 안에서 팽도의 부름이 흘러나오자 팽웅은 비로소 독고예상을 안고 일어섰다.

"미안하오, 상 매."

독고예상은 너무 분해서 눈물을 펑펑 흘리며 팽웅을 죽일 듯이 쏘아보았지만 아무 말도 하지 못했다. 그게 더 분해서 폭포처럼 눈물을 쏟아냈다.

그녀는 무영검가에서의 연회가 끝난 후에 술이 모자란 듯해서 혼자 거리의 주루로 술을 마시러 나왔다가 매복해 있던 팽웅과 뇌전팽가 고수들의 암습에 제압되어 이곳으로 끌려왔다.

이곳은 팽도의 거처 지하 깊은 곳의 사방이 밀폐된 커다란 방이며, 그 안에 여러 개의 작은 방이 있었다.

팽도와 팽무는 각각 다른 방에 있지만 거의 같은 시간에 독고지연과 독고은한의 옷을 다 벗겼다.

속곳마저도 벗겨서 두 여자는 실오라기 한 올 걸치지 않는 전라의 상태로 침상에 누워 있었다.

독고지연과 독고은한의 티 한 점 없이 완벽한 나신을 본 팽도와 팽무는 욕정이 들끓어서 더 이상 참지 못하고 서둘러 자신들의 옷을 벗었다.

움직일 수도, 말을 하지도 못하는 독고지연과 독고은한은 두 눈을 찢어질 듯이 부릅뜨고 온몸을 바들바들 떨면서 눈물을 흘렸다.

자신들에게 일어나고 있는 일이 아직도 믿어지지 않고 한바탕 못된 악몽을 꾸는 것만 같았다.

'이 찢어죽일 놈이······.'

독고지연은 굵은 눈물을 하염없이 흘리면서 두 눈에서 새파란 안광을 뿜어내며 침상 옆에 벌거벗은 채 우뚝 서 있는 팽도를 노려보았다.

약간 살이 찐 듯하면서도 근육질의 몸매인 팽도의 사타구니에서 잔뜩 성난 음경이 흔들거렸다.

그걸 보고 있자니 독고지연은 더욱 분통이 터지고 억울해서 이대로 숨이 끊어져 죽을 것만 같았다.

피가 역류하는 것 같고 심장이 미친 듯이 쿵쾅거리고 관자놀이와 목의 맥박이 너무 세차게 뛰어서 그녀의 귀에 생생하게 들릴 정도다.

'탄 랑··· 아아··· 탄 랑······.'

아혈만 제압되지 않았으면 혀를 깨물고 자결하고 싶은 마음이 굴뚝같지만 그럴 수도 없는 이 상황이 너무도 원망스러웠다.

자신은 여기에서 이제 몸이 더럽혀질 운명에 처해 있거늘 도무탄은 하북성 어디에선가 방, 문파들을 규합하느라 동분서주하고 있을 터이다.

팽도는 굳은 얼굴에 몹시 흥분하여 벌겋게 상기된 모습으로 독고지연을 굽어보며 중얼거렸다.

"독고지연, 내가 이럴 수밖에 없는 것을 이해해라. 너를 너무도 사랑하기 때문이다."

'아가리 닥쳐라! 이 개새끼야!'

독고지연은 들리지 않을 절규를 토해냈다.

"흐으으… 너는 정말 굉장한 몸을 가졌구나. 가히 천하하고도 맞바꿀 만한 몸이다. 이런 절세적인 아름다움을 등룡신권 같은 놈에게 줄 수는 없다."

무영검가에서 독고지연과 독고은한은 등룡신권하고 아무런 관계가 없다고 발표했는데도 불구하고 팽도는 이런 식으로 말하고 있다.

그렇다는 것은 그가 도무탄과 독고지연, 독고은한의 관계에 대해서 잘 알고 있다는 뜻이다.

"흐으으… 이제 너는 내 여자가 될 것이다. 그럼 너를 최고로 행복한 여자로 만들어주겠다. 등룡신권 따윈 잊어라. 자고로 여자는 뒤웅박 팔자라고 했다. 내 여자가 되면 천하에서 제일 행복한 여자가 될 것이다."

슥—

홍분이 참지 못할 지경에 이른 팽도는 되지도 않는 말을 씨부리면서 침상으로 올라왔다.

극도의 분노와 절망 때문에 독고지연의 몸이 저절로 푸들푸들 마구 떨렸다.

척!

독고지연의 발치에 앉은 팽도는 두 손으로 그녀의 양쪽 발을 붙잡고 약간 벌리더니 그녀의 옥문을 뚫어지게 주시하며 침을 흘렸다. 그의 두 눈이 붉게 충혈됐으며 코와 입에서 거센 숨을 토해냈다.

"으으으… 더 이상 못 참겠다."

'아악! 이 개새끼야! 저리 비켜라!'

독고지연은 그가 자신의 몸 위에 육중한 몸을 실으려는 것을 보면서 눈이 까뒤집어졌다.

그녀의 입에서 거품이 흘러나왔으며 정신이 아득해졌다. 그래서 그녀는 자신이 이대로 죽는다는 생각이 들었다. 심화(心火)가 극에 달하면 사람이 죽을 수도 있다는데 지금이 그런 상황인 것 같았다.

'탕 랑……'

도무탄을 마지막으로 못 보고 죽는 것이 안타깝지만 그래도 더럽혀진 몸으로 사느니 이대로 죽는 게 낫다는 생각이 들었다.

그런데 갑자기 온몸에 부드럽게 상쾌한 기운이 시냇물처럼 잔잔하게 퍼지면서 그녀는 정신을 차렸다.

눈앞에서 그녀의 몸을 유린하고 있어야 할 팽도의 모습이 보이지 않았다.

"……."

그녀는 아직도 눈물이 흐르는 눈을 깜빡거리면서 지금이
어떤 상황인지 이해하려고 애썼다.

그리고는 어렵사리 하나의 가정을 세웠다. 그녀는 죽지 않
고 잠시 정신을 잃었다가 지금 깨어난 것이다.

그녀가 혼절해 있는 동안에 팽도가 그녀를 강간하고 밖으
로 나갔다. 그렇게밖에는 지금 상황을 이해할 수가 없을 것
같았다.

척!

그때 문이 벌컥 열렸다.

독고지연은 팽도가 다시 들어온 것이라는 생각에 심장이
철렁 내려앉았다.

"……."

그런데 나타난 사람은 팽도가 아니라 체구가 깍짓동이 같
고 수염이 덥수룩한 초로인이다.

그런데 그는 매우 조심스러운 동작으로 독고지연을 외면
을 한 상태에서 옷을 내밀어 더듬거리면서 그녀의 몸을 덮어
주었다.

사륵…….

그리고는 외면을 한 상태로 공손히 말했다.

"혈도가 풀렸으니 일어나서도 됩니다."

후다닥!

독고지연은 옷을 가슴에 끌어안은 채 놀란 토끼처럼 벌떡 일어나 앉으며 쏘아붙였다.

"너는 누구냐?"

초로인은 새파란 안광을 뿜어내면서 경계하는 독고지연에게 그 자리에 무릎을 꿇고 절을 올렸다.

"소인은 도무탄 주인님의 종 염중기라고 합니다. 부인을 구하려고 달려왔습니다만 부인께 고초를 겪게 했습니다. 용서하십시오."

"도무탄… 탄 랑의 종이라고?"

"그렇습니다. 소인은 분광신도 염중기라고 하는데 건방지게도 주인님에게 결투를 신청했다가 패해서 그분의 종이 됐습니다."

"분광신도……."

독고지연은 눈을 동그랗게 뜨며 놀랐다. 무림에서 분광신도가 얼마나 유명하고 잔인한 쟁투사인지는 그녀도 잘 알고 있었다.

그런데 그가 도무탄하고 결투를 했다가 패해서 그의 종이 됐다는 것인데, 그녀는 이상하게 생각하지 않았다. 충분히 그럴 수 있는 일이기 때문이다. 그의 남편이 대저 누군가. 등룡신권 도무탄인 것이다.

"주인님께서는 자나 깨나 부인들을 걱정하고 계십니다. 그래서 소인을 보내 부인들을 지근거리에서 호위하라고 말씀하셨습니다."

"으흑!"

독고지연은 비로소 염중기의 말이 사실이라고 믿고, 멀리 떨어져 있는 도무탄의 가없는 사랑이 가슴속으로 파고들어 왈칵 눈물이 솟구쳤다.

"언니들은 어떻게 됐죠?"

그녀는 두 언니 독고은한과 독고예상이 번쩍 생각나서 급히 눈물을 훔치며 물었다.

"다행이 몹쓸 일을 당하시기 전에 놈들을 제압하고 소인이 구했습니다."

"설마 나만… 몹쓸 일을 당한 건 아니겠지요?"

"그렇습니다."

"아아……."

안도의 한숨과 함께 온몸의 맥이 탁 풀렸다.

그때 문득 독고지연은 부복하고 있는 염중기 뒤쪽 바닥에 팽도가 쓰러져 있는 것을 발견했다.

모르긴 해도 염중기가 그를 죽였거나 제압한 것이 분명한 것 같았다.

"팽도 저놈을 죽였나요?"

"제압만 해두었습니다."

"내 저놈을 당장 찢어 죽일 거예요!"

분노한 독고지연은 침상에서 급히 내려오다가 옷을 놓쳐서 발 아래로 흘러내렸다.

그녀는 염중기가 여전히 부복하고 있는 것을 보고는 서둘러서 옷을 갈아입었다.

처음에 독고 세 자매가 눕혀져 있던 지하 밀실 넓은 공간에 그녀들은 당당한 모습으로 서 있었다.

그리고 그녀들 앞에 제압된 팽도와 팽웅, 팽무 삼 형제가 나란히 무릎이 꿇려 있다.

이제는 완전히 전세가 역전된 상황이다. 독고 세 자매를 납치해 와서 강간을 하려던 팽가 삼 형제는 벌거벗은 상태에서 염중기에게 제압되어 무릎이 꿇려 있고, 강간당하기 직전에 구해진 독고 세 자매는 기세등등하게 서서 삼 형제를 쏘아보고 있다.

"이놈들 죽여도 되죠?"

독고예상이 분노한 목소리로 씨근거리며 묻자 염중기는 고개를 끄떡였다.

"뜻대로 하십시오."

핑ㅡ

염중기는 대답과 함께 손가락을 퉁겨서 지풍을 날려 팽웅의 제압된 아혈을 풀어주었다.

처참한 죽음을 당할 때 그에 걸맞는 비명을 질러야지만 효과적이기 때문이다.

말이 떨어지기 무섭게 독고예상이 튀어나가더니 발끝으로 팽웅의 가슴팍을 냅다 내질렀다.

뻑!

"끄!"

무릎을 꿇은 상태에서 놀라며 독고예상을 쳐다보던 팽웅은 가슴팍을 얻어맞고 뒤로 쏜살같이 날아가서 벽에 부딪쳤다가 짐짝처럼 바닥에 처박혔다.

"끄으으……."

팽웅은 눈을 허옇게 까뒤집고 돌멩이에 맞은 개구리처럼 몸을 뻣뻣하게 뻗은 채 부들부들 떨었다.

독고예상은 달려가서 발을 들어 팽웅의 가슴에 얹고 사납게 소리쳤다.

"팽웅! 이 쳐 죽일 놈아! 네놈이 감히 날 강간하려고 들어? 그러고도 네놈이 날 사랑한다고 떠들어댔느냐?"

"끄으으… 상 매… 미… 안… 하오……."

독고예상을 진심으로 사랑했었던 팽웅은 숨이 끊어질 것 같은 고통 속에서도 통한의 눈물을 흘렸다.

뇌전팽가가 소림사에 충성하는 맹도군주라는 사실을 알게

되었을 때 부친 독고우현은 독고예상에게 팽웅과의 관계를
정리할 것을 명령했었다.

그때까지만 해도 독고예상과 팽웅은 서로 깊이 사랑하는
사이였는데, 그날 이후 독고예상은 팽웅에게 절교를 선언하
고 한 번도 만나주지 않았었다.

그리고는 난데없이 이런 일이 벌어진 것이다. 독고예상은
팽웅이 자신을 납치하고 강간하려고 했다는 사실에 말할 수
없는 배신감과 분노를 느꼈다.

하지만 그보다도 두 명의 여동생이 납치되어 강간을 당하
는 비열한 음모에 한때 사랑했었던 팽웅이 한패거리였다는
사실에 더욱 치가 떨렸다.

"너 같은 놈은 그냥 뒈져라."

우지직!

"끄으으… 상 매…….."

독고예상은 비 오듯이 눈물을 흘리면서 팽웅의 가슴에 얹
고 있던 발에 힘을 가했다.

그 바람에 팽웅의 갈비뼈는 완전히 바스라지고 장기와 내
장이 터져 버렸다.

팽웅은 입과 코, 눈에서 피를 흘리면서도 독고예상을 바라
보며 안간힘으로 더듬거렸다.

"끄으으… 상… 매… 사랑… 하… 오…….."

"아가리 닥쳐라!"

콰직!

독고예상은 가슴을 밟았던 발을 들어 팽웅의 얼굴을 짓밟아 버렸다.

팽웅은 머리가 으깨어져서 더 이상 아무 말도 하지 못하고 사지를 떨다가 축 늘어졌다.

독고예상이 흘린 눈물이 처참하게 짓이겨진 팽웅의 시신 위로 후드득 떨어졌다.

획!

독고예상은 싸늘하게 몸을 돌려 제자리로 돌아오면서 차갑게 내뱉었다.

"저놈들도 죽여라."

팽도와 팽무를 가리키는 그녀의 눈에서는 조금 전보다 더 심한 눈물이 쏟아졌다.

척!

독고지연은 한쪽 구석에 세워져 있는 두 자루 검을 집어 들고 그중에 유성검을 독고은한에게 건네주고는 자신은 지봉검을 뽑아 들었다.

독고지연이 자신의 앞으로 걸어오는 것을 보면서 팽도는 커다란 체구를 사시나무 떨듯이 떨어댔다.

사람들은 흔히 무슨 일을 꾸미고 행할 때 그것이 성공했을 경우만을 상상하지 실패했을 때의 처참함에 대해서는 생각하지 않는 편이다.

세상의 어떤 일이든 달콤함과 쓰디씀이 동시에 내재되어 있는 법이다.

그런데도 무지몽매한 사람들은 달콤함만을 맹목적으로 지향하는 어리석은 동물이다.

핑―

이번에도 염중기는 지풍을 날려서 팽도의 아혈을 풀어주는 친절함을 베풀었다.

"으으… 독고지연… 제발 용서해……."

파앗!

지봉검이 번뜩이더니 팽도의 목에 가로로 가느다란 혈선이 그어지면서 그의 절규가 뚝 멈추었다.

뚝… 퉁!

곧이어 팽도의 목에서 분리된 머리통이 바닥에 떨어져 몇 바퀴 구르다가 멈추었다.

그런데 우연히도 팽도의 목이 바닥에 똑바로 섰다. 그리고는 아직 살아 있는지 눈을 껌뻑거리며 독고지연을 쳐다보며 몇 마디 중얼거렸다.

"사랑하는 건 죄가 아냐……."

파아앗!

지봉검이 다시 허공을 가르자 팽도의 머리는 수십 조각으로 쪼개져서 사방으로 흩어졌다.

"나는 이자를 잠시 살려두겠어요."

척!

혼자 남은 팽무 앞에 선 독고은한은 유성검을 검실에 꽂으며 차분하게 말했다.

"팽가 삼 형제가 우리 자매에게 무슨 짓을 했는지 백일하에 밝히려면 이자의 입이 필요해요."

"과연……."

그녀의 차분한 말에 염중기는 감탄 어린 표정으로 고개를 크게 끄떡였다.

척!

염중기는 팽무의 뒷덜미를 잡아 가볍게 반짝 들더니 입구로 향했다.

"가시지요, 세 분 부인."

세 여자가 뒤따르다가 갑자기 독고예상이 걸음을 멈추며 발끈했다.

"누가 누구의 부인이라는 거죠?"

염중기는 걸음을 멈추고 뒤돌아보며 어눌한 표정을 지었다.

"소저는 주인님의 부인이 아닙니까?"

"아니에요!"

염중기는 머리를 긁적였다.

"죄송합니다. 무영검가의 자매가 모두 주인님의 부인인 줄 알았습니다."

"누가 그래요. 도무탄 그 자식이 그런 말을 하던가요?"

"아… 아닙니다. 제가 잘못 알아들었습니다."

염중기는 하늘같은 주인에게 '자식'이라고 부르는 처형이 있다는 말을 듣지 못했다.

독고예상의 분은 쉽게 풀리지 않았다.

"조심하세요."

"알겠습니다."

*   *   *

도무탄이 북경성을 떠나 하북성의 방파와 문파들을 규합하기 시작한 지 열흘이 지났다.

등룡신권이 평곡현의 월인방을 해체시키고 진검문을 동무림의 맹의 일원으로 받아들였다는 소문이 퍼지고 나서는 일이 한결 수월해졌다.

그리고 이후에 북경성에서 들려온 소문, 즉 뇌전팽가의 삼형제가 무영검가의 세 자매를 납치하여 강간하려다가 실패했다는 소문이 하북무림에 파다하게 퍼졌다.

그 일로 뇌전팽가 삼 형제 중에 장남 팽도와 차남 팽웅은 그 자리에서 죽임을 당했으며, 삼남 팽무는 무영검가와 뇌전팽가 사람이 모두 지켜보는 앞에서 자신들이 저지른 죄를 이실직고 낱낱이 실토하고는 분노한 부친 팽기둔의 손에 직접 죽음을 당했다고 한다.

그 일로 인해서 뇌전팽가의 명예는 땅바닥으로 추락했으며, 반면에 뇌전팽가 삼 형제를 직접 죽이고 위험에서 벗어난 세 자매의 무용담 덕분에 무영검가의 위상은 욱일승천 하늘로 치솟았다.

그 덕분에 도무탄은 하북성 방파와 문파들을 규합하려고 그다지 노력을 기울이지 않아도 좋았다.

하북성 방파와 문파들은 전문 밖까지 나와서 도무탄 일행을 기다렸다가 맞이했으며, 그가 말을 꺼내기도 전에 무조건 동무림 맹에 가맹시켜 달라고 먼저 부탁을 했다.

불과 열흘 만에 도무탄은 하북무림의 팔 할에 달하는 방파와 문파를 규합하고 마침내 북경성으로 향했다.

도무탄과 독고용강, 독고기상이 있는 곳은 임구현(任邱縣)이라는 곳으로 북경성 남쪽으로 사백여 리 떨어진 곳이며, 북경성까지는 이틀 정도의 거리다.

늦은 오후 무렵. 북경성 뇌전팽가 전문 앞에 한 사람이 걸음을 멈추었다.

"무슨 일로 왔소?"

전문을 지키는 호문무사가 묻자 먼지가 뽀얗게 내려앉아서 옷 색깔을 구별하기 어려울 정도의 남루한 청년이 행색하고는 달리 맑은 목소리로 대답했다.

"가주를 만나러 왔소."

호문무사는 머리카락이 밤송이처럼 까칠한, 그러나 같은 남자가 보기에도 가슴이 떨릴 만큼 준수하고 매력적인 청년을 보며 조심스럽게 물었다.

"귀하는 누구요?"

"나는 소림사에서 온 영능이라 하오."

『등룡기』 7권에 계속…

천산루

조돈형 新무협 판타지 소설

FANTASTIC ORIENTAL HEROES

『궁귀검심』, 『장강삼협』의 작가 조돈형
그가 그려내는 새로운 이야기!

무림삼비(武林三秘)
천외천(天外天), 산외산(山外山), 루외루(樓外樓).

일외출(一外出), 군림천하(君臨天下)!
이외출(二外出), 난세천하(亂世天下)!
삼외출(三外出), 혈풍천하(血風天下)!

가문의 숙원을 위해, 가문을 지키기 위해
진유검, 무림의 새로운 질서를 세우다!

Book Publishing CHUNGEORAM

무경 新무협 판타지 소설

FANTASTIC ORIENTAL HEROES

암제귀환록

마흔에 이르기도 전에 얻은 위명.
암제(暗帝).

무림맹의 충실한 칼날이었던 사내.
그가 무림맹 최후의 날에
모든 것을 후회하며 무릎을 꿇었다.

"만약 그때로 돌아갈 수 있다면……."

사내의 눈이 형용할 수 없는 빛을 토했다.

"혈교는 밤을 두려워하게 될 것이다!"

Book Publishing CHUNGEORAM

유행이 아닌 자유추구
WWW.chungeoram.com

말년병장, 이등병되다!

에바트리체 장편 소설

FUSION FANTASTIC STORY

대한민국 남자라면 알고 있을 바로 그 이야기!

『말년병장, 이등병 되다!』

전역을 코앞에 둔 말년병장, 이도훈.
꼬장의 신이라 불리던 그가 갑자기 훈련병이 되었다?!

"…이런 X같은 곳이 다 있나!"

**전우애 넘치는 군인들의
좌충우돌 리얼 군대 이야기!**

Book Publishing CHUNGEORAM

LORD

FANTASY FRONTIER SPIRIT

영주 레이샤드

RAY SHADE

한승현 판타지 장편소설

저주받은 영지 아베론의 영주 레이샤드.
열다섯 번째 생일날,
정체불명의 열쇠가 그의 운명을 바꾸었다!

『영주 레이샤드』

시험의 궁을 여는 자, 원하는 것을 얻으리니!
시련을 극복하고 새로운 땅의 주인이 되어라!

레이샤드의 일대기가 시작된다!

Book Publishing CHUNGEORAM

유행이 아닌 자유추구 -
WWW.chungeoram.com

FANATICISM HUNTER

광신사냥꾼

류승현 판타지 장편 소설

FANTASY FRONTIER SPIRIT

『블레이드 마스터』의 류승현 작가가 펼쳐내는
판타지의 새로운 신화!

마도대전을 승리로 이끈 유리언 대륙의 영웅,
최강의 아크 메이지 제온!

그러나 '세상의 섭리'에 아내와 아이를 빼앗기는데……

『광신사냥꾼』

만약 그것이 정말로 세상의 섭리라면,
그마저도 무너뜨리고 말리라!

복수를 위한 제온의 위대한 여정이 시작된다!

Book Publishing CHUNGEORAM